La Bête

Jessica Fièvre

La Bête

Jessica Fièvre

Lors de sa première édition, cet ouvrage a bénéficié du soutien de la Banque de la République d'Haïti, la Sun Auto, la Socabank, la Distillerie LaRue, et la Couronne.

Note de l'auteur:

Je voudrais remercier d'une façon spéciale:

Madame Marlène Fièvre
Madame Yannick Legros
Monsieur Robert Lemaine
Père Elder Hyppolite

Ma mère Carmita Aubry Fièvre,
mes soeurs Patricia, Jennifer, & Nathalie
ainsi que mon époux Hector

Imprimé aux Etats-Unis
www.fievrerouge.com

Deuxième Edition, 1er août 2014

ISBN-13: 978-0-9910821-6-2

Cover Photo courtesy **Dreamstime.com**
Cover Design: Raptor Jesus

JESSICA FIÈVRE

Michèle-Jessica (M.J.) Fièvre, détentrice d'une maîtrise en création littéraire, est la directrice de publication de *Sliver of Stone Magazine*, aux États-Unis. Romancière classée à plusieurs reprises au tableau des meilleures ventes de Livres en Folie, elle publie également des nouvelles en anglais dans diverses revues américaines, telles que *The Southeast Review*, *Saw Palm*, et *The Nervous Breakdown.* Sa nouvelle, La Chanson du Bouc, se trouve dans l'anthologie *Une journée haïtienne* (textes réunis par Thomas C. Spear. Montréal: Mémoire d'encrier / Paris: Présence africaine, 2007: 101-106.) et sa nouvelle, The Rainbow's End, fait partie de *Haiti Noir* (Akashic Books, 2011), collection éditée par Edwidge Danticat.

Jessica Fièvre est l'une des romancières haïtiennes les plus prolifiques de son époque. Découvrez son aventure littéraire, sa fièvre d'écrire, les raisons qui la poussent à créer, ses références, tout ce qui la rattache à la plume.

« Voici une romancière qui sait écrire une histoire, construire un récit et maintenir le rythme de telle sorte que le lecteur, constamment en haleine, attend avec impatience le dénouement. Jessica nous introduit dans un univers apparemment sain et sème adroitement par ci et là des éléments qui, en créant l'atmosphère idéal, vont, à un certain moment, aboutir à la crise. Et quand cette crise survient, le lecteur est ficelé complètement. Ne pouvant plus faire marche arrière, il accepte avec délectation l'ambiance et le suspense. Son seul désir alors est qu'on lui fasse durer le plaisir et que le dénouement soit au-delà de ses attentes et de ses prévisions. »

Gary VICTOR

« Extrêmement apte et d'une capacité créative, Jessica Fièvre est une virtuose de l'écriture. »

Jobnel PIERRE

JesikA
Fyév
Bousiko
2012
Bousiko
2012

Pour Papa Julio…

LA BÊTE

PROLOGUE

Vendredi 13 septembre 198… Sept heures du soir… La semaine avait été particulièrement fertile en averses orageuses. Des flaques de boue rendaient malaisé le passage d'une propriété à l'autre. Une forte senteur émanait des jardins où les grenades foisonnaient. Odeur étrange en vérité, tantôt agréable, tantôt suffocante. La nuit, comme toujours à cette époque de l'année, avait jeté de bonne heure son voile gris et glacé.

Margareth et Adèle avaient passé l'après-midi ensemble. Après une cueillette laborieuse de pêches et de grenades, elles s'étaient adonnées durant des heures à la préparation de confitures.

Les deux copines se connaissaient depuis l'enfance. De même âge, dix-sept ans, elles étaient inséparables et leur amitié semblait mûrir avec le temps. Que d'expériences vécues ensemble ! Que de rêves et d'espoirs partagés ! Cependant, en cette fin d'après-midi, perdue dans le bien-être d'une amitié grandissante, Margareth s'était laissée surprendre par le coucher du soleil. La jeune fille était préoccupée. Les familles des deux amies ne disposaient ni de voiture ni de téléphone, et les parents d'Adèle étaient sortis. Or, si Margareth n'était pas de retour chez elle avant huit heures, son oncle Jean lui réserverait les plus lourdes remontrances, voire même une fessée. Que faire ? Margareth paraissait fort ennuyée de devoir regagner seule le toit familial.

Face à la rigidité de son oncle, elle se décida à traverser au plus vite le petit bois qui séparait les deux maisons. Elle attrapa un fanal accroché au mur et salua son amie.

Adèle, inquiète, aurait voulu la retenir :

« Et si un incident malheureux survenait en cours de route ? demanda-t-elle d'une voix lamentable. Les gens racontent tant de choses… Je ne me le pardonnerais jamais !

– Je n'ai pas le choix, rétorqua Margareth. »

Sa voix tremblait cependant. Mais que diable pouvait-elle faire d'autre ? Avait-elle les moyens d'avertir son oncle ?

Adèle était vraiment paniquée. Son amie essaya de la réconforter par un sourire qui n'eut malheureusement que peu d'effet sur les inquiétudes d'Adèle. Les deux amies laissèrent la maison. Après avoir parcouru un bout de chemin ensemble, elles s'embrassèrent à regret et se quittèrent avec appréhension.

Une fois emprunté le sentier qui devait la conduire à destination, la bonne assurance de Margareth partit en fumée. Les ombres prenaient des formes étranges et la voix lointaine d'Adèle résonnait désagréablement. Pour se donner bonne contenance et réprimer du coup l'angoisse qui la tenaillait, Margareth entreprit de fredonner un air populaire. Le refrain sonna faux car le cœur de la jeune fille battait à tout rompre. Elle n'osait se retourner, préférant accélérer le pas au moindre craquement de feuille sèche. Elle aurait voulu courir, mais la terre mouillée tentait à tout instant de la retenir prisonnière.

Soudain, elle s'immobilisa. Une chose imprévisible se dressait devant elle et obstruait le passage : LA BÊTE. Masse noire phénoménale campée sur des pattes gigantesques extraordinairement velues, ses yeux rouges et féroces, semblables à des brasiers incandescents, projetaient impitoyablement leur flamme meurtrière… Margareth, prostrée et vidée, se sentit brûler sur place. Elle ferma les yeux… Alors, il y eut un grondement de tonnerre et dans cette nuit sans lune, tel un cauchemar, LA BÊTE déploya ses ailes diaboliques et s'abattit sur la jeune fille… Elle n'eut que le temps de pousser un cri horrible qui déchira l'air…

CHAPITRE UN

Au cri strident de la jeune fille, je me précipitai dans la chambre à coucher. Ma cousine avait les yeux exorbités. Elle transpirait à grosses gouttes et semblait respirer avec difficulté. L'air à la fois hébété et affolé, elle s'agitait dans son lit. Un grand malaise m'envahit. Je ne savais que trop bien ce qui provoquait ce profond trouble chez Caroline : elle avait encore eu de ces rêves étranges qui ressemblaient beaucoup trop à la réalité – si l'on pouvait qualifier ces visions de rêves car le plus souvent, au moment des crises, Caroline montrait des yeux grand ouverts, semblant fixer quelque chose qu'elle seule pouvait voir.

Ravagée par l'inquiétude, je m'agenouillai à son chevet et étreignis sa main avec fermeté. La cuisinière Jésula, alarmée par le bruit, m'avait emboîté le pas. Elle avait pris soin d'apporter un grand verre d'eau salée qu'elle fit boire à ma cousine, espérant que le breuvage la calmerait. Jésula appliqua ensuite une serviette mouillée sur le visage contorsionné. Les joues de Caroline avaient perdu de leur rougeur habituelle et sa lèvre inférieure tremblait légèrement.

Soudain, Caroline sembla revenir à la réalité. Elle me pressa si fort la main que je retins avec peine une plainte. Elle n'avait cessé de se débattre, faisant tomber couvertures et oreillers.

« Mikaëlle ! Mikaëlle ! souffla-t-elle. Fais vite ! J'ai vu grand-mère. Elle est tombée de l'escalier ! »

Je paniquai.

« Fais vite ! répéta-t-elle faiblement. »

Reprenant mon sang froid, je demandai à Jésula de téléphoner à mon père et partis en trombe. J'enfourchais bientôt ma bicyclette… Le trajet dura quinze minutes mais me parût une éternité tant j'étais anxieuse... Il est de ces émotions qui n'arrachent point de larmes, mais ravagent le cœur à la manière d'un incendie rasant une meule de paille…

Je me retrouvai bien vite en train d'escalader la barrière de ma grand-mère, celle-ci n'ayant pas répondu à mes coups de sonnette. Des larmes d'inquiétude roulaient lourdement sur mes joues. Je ne sentais même pas les ronces de la clôture me déchirer les jambes. Je ne désirais qu'une chose : arriver avant qu'il ne soit trop tard…

Le spectacle qui s'offrit bientôt à mes yeux m'arracha un cri. Mamie gisait, inerte, au bas de l'escalier et une longue entaille lui marquait le front. Je me précipitai auprès de ma grand-mère. Fort heureusement, elle respirait encore.

« Mamie, soufflai-je. Réveille-toi. »

Depuis combien de temps était-elle étendue à même le sol ? Où trouver de l'aide ? Que me fallait-il faire ? Je me précipitai hors de la maison. Je devais à tout prix trouver du secours. Je me heurtai à mon père. Il arrivait à bout de souffle et bouleversé, suivi de Jésula.

« Où est Mamie ? »

Comment arrêter de trembler ?

Mon père, déjà, avait entrevu Mamie. Tout se fit très rapidement. Avec l'aide de Jésula, Papa souleva le corps inerte qui fut transporté dans la voiture. Incapable de la moindre réaction, j'étais restée tout le temps sur le perron, les yeux perdus dans le vague… Je réalisai soudain que la voiture de mon père n'était plus dans la cour. Je regagnai la maison et me laissai tomber lourdement sur un canapé de la salle à manger. La pièce me parut soudain étrangement vaste et son silence me pesa. Mon esprit vagabonda durant un moment. La vie ne m'avait certes pas ménagée ces derniers temps. Tous et tout semblaient s'acharner à me rendre malheureuse…

Plusieurs heures s'écoulèrent. Pas de nouvelles de Mamie. Redoutant le pire, je n'osais téléphoner à la maison pour m'enquérir de ses nouvelles. La perspective d'une conversation avec Caroline accélérait les battements de mon cœur… Quel malheur allait-elle encore annoncer, plongée dans cet état second que nous appréhendions tous ?

Le téléphone me tira de ma torpeur. Une voix froide, mécanique, celle d'une infirmière de l'hôpital Saint-Louis Roi de France réclama Mikaëlle Saint-Pierre. Cette même voix me parut soudain amicale lorsqu'elle me déclara :

« Votre grand-mère va bien. Votre père est à son chevet. Il m'a prié de vous avertir… »

Une vague de réconfort… C'est si bien d'être tirée de l'angoisse. Des larmes, de soulagement cette fois-ci, me montèrent aux yeux. Que de pleurs depuis ce matin ! Je pensai de nouveau à Caroline. Sans doute était-elle déjà au courant de l'état de Mamie ? *N'était- elle pas au courant de tout ?* Un long frisson me parcourut. Je réalisai subitement que ma cousine me faisait horriblement peur. Déjà, petite fille, elle s'amusait à me décrire, la veille au soir, dans ses moindres détails, le déroulement de ma fête d'anniversaire. J'étais émerveillée à l'époque…

Mais cet étrange don que possédait Caroline et que j'enviais autrefois prenait paradoxalement aujourd'hui un caractère très, très inquiétant…

La solitude me broyait. Je décidai par conséquent de rentrer à la maison. Abandonnant mon vélo dans le hangar de Mamie, j'entrepris à pied le chemin du retour. Une bonne marche n'avait jamais fait de mal. Mais quelle chaleur caniculaire ! Bois-Patate, à cause de l'embouteillage monstre, était quasiment impraticable à cette heure de l'après-midi. Les incessants avertisseurs de voiture… Une sarabande de piétons… L'odeur des douces et des tablèt-pistach encore chaudes… Avec le temps, on s'habitue à tout cela au point de n'y prêter aucune attention… Et puis, un beau jour, sans raison apparente, tous ces bruits et images faisant partie du quotidien semblent soudain inhabituels et frappent l'imagination.

« Mikaëlle, comment vas-tu ? »

Marchant d'un pas vif, j'avais laissé Bois-Patate derrière moi pour me retrouver à Turgeau. J'étais arrivée devant le Collège Canado-Haïtien. Perdue dans mes pensées, je venais de me heurter à un garçon. Il me souriait :

« Tu te souviens de moi ? demanda-t-il. Nous avons fait connaissance chez Jenny. »

Pouvait-on seulement oublier Ralph Buisson ? Ce n'était pas tous les jours que j'avais la chance de me retrouver en compagnie d'un garçon aussi sympathique. Une rencontre pareille laissait des traces.

Il s'agissait d'un grand jeune homme aux magnifiques yeux de velours noir. Le soleil de Port-au-Prince lui allant à merveille, il était bronzé à point et ses cheveux marron prenaient de temps à autre de subtils reflets dorés. Nous nous étions rencontrés la semaine précédente chez une de mes amies. Il m'avait semblé un gars sérieux dans la vie, ayant néanmoins le mot pour rire au moment opportun. Ralph – de son sobriquet Ralfo – et moi avions tout de suite sympathisé.

« Bien sûr que je sais qui tu es, lui dis-je en répondant à son sourire. Nous avons eu une conversation très intéressante sur Mozart et Beethoven. »

C'était tout ce que j'avais trouvé à dire. De nature timide, il me fallait un certain temps pour me sentir à l'aise. Et puis, de toute façon, nous avions effectivement discuté de musique classique. Le sourire de Ralph me rassura.

« Tu sembles préoccupée, fit-il remarquer. »

Etait-ce aussi visible ? Je lui relatai brièvement le fâcheux accident de Mamie, en omettant bien entendu de faire allusion au rôle qu'avait joué Caroline dans l'histoire. Ralfo me sembla sincèrement désolé et me proposa de faire la route avec moi. J'acceptai avec joie.

En cheminant, nous eûmes l'occasion de faire plus ample connaissance. Ainsi, j'appris qu'il était l'aîné d'une famille de deux garçons, animateur de radio, qu'il aimait le foot et étudiait l'électronique depuis deux ans. Il était quasiment impossible de ne pas adorer Ralph au bout de quelques moments passés avec lui. Je buvais littéralement ses paroles et, dès qu'il détournait le regard, j'en profitais pour le détailler minutieusement.

Après un moment, parfaitement détendue, je lui parlai de mon très grand intérêt pour la chirurgie orthopédique, de l'autopsie à laquelle j'avais assisté la veille, de ma famille, de mes amis… Je me sentais vraiment à l'aise en compagnie de Ralfo.

A un tournant, nous empruntâmes une voie très large. La rue Paul ll, du côté de Babiole, était une de ces rues récemment asphaltées. Les marchandes y avaient élu domicile dès la fin des travaux. Un étalage particulièrement pittoresque : produits alimentaires, vaisselle, jouets d'enfants avoisinant des pèpès de tous genres. Toutes ces marchandises hétéroclites étendues à même le sol ou sur le mur de certaines maisons attiraient étrangement les acheteurs. Aussi, des premières aux dernières heures de la journée, hommes, femmes et enfants, tous piaillaient, et cette cacophonie infernale apportait une note singulière à ce quartier résidentiel.

Les maisons de la rue Paul ll étaient toutes d'anciennes constructions modernisées. L'une d'entre elles gardait cependant son originalité. Il s'agissait d'une grande bâtisse de style Gingerbread. Le toit avec dénivellement, était en tuile rouge et surmonté de petites tours fléchées. Les fenêtres rectangulaires – mises à part celles du grenier de forme triangulaire – arboraient des rideaux à fleurs bleues. La porte principale, entrouverte, découvrait des persiennes un peu démodées pour l'époque.

Dans la galerie : des meubles rustiques dont une dodine mollement agitée par le vent. Un chien, répondant au nom de Ti Plume, dormait paisiblement sur le perron. Le gazon luisait sous les ardents rayons de soleil. Les bougainvilliers et les hibiscus rouge sang s'harmonisaient avec les roses blanches, les lauriers roses et les pissenlits. Tout embaumait. Tout contribuait au charme des lieux.

Entourée d'une haie de kandelab, cette propriété qui s'imposait aux regards était la maison des Saint-Pierre, la mienne.

Nous devions à Adèle d'habiter encore la rue Paul II. En effet, à la suite de son divorce avec Maman, Papa avait voulu déménager ; mais ma belle-mère désirait plus que tout demeurer à Babiole. Assurée de l'affection de son mari, que lui importaient les empreintes d'une autre femme ! Mon avis n'avait pas été sollicité en la circonstance. Il en était toujours ainsi avec mon père. Je devais me contenter en tout temps de me taire et d'obéir.

Ce n'était pas le caractère vieillot de la maison qui me déplaisait. Je voulais avant tout fuir cette atmosphère si pleine encore du parfum de Maman. Dans ces pièces, témoins de toute la tendresse maternelle dont j'avais été l'objet, plus jamais ne résonnerait ce rire franc et enjoué qui m'avait chatouillé les oreilles toutes ces années durant. Rien ne semblait pouvoir combler le grand vide qu'avait laissé Maman dans mon cœur. Lorsque l'idée de la rejoindre à Saint-Marc avait germé dans mon esprit, j'avais dû me faire une raison : la situation économique maintenant précaire de ma maman ne lui permettrait pas de m'avoir à charge. J'étais donc restée avec mon père. Et puis, six mois plus tard, Adèle était arrivée.

Ma belle-mère était tout ce qu'il y avait de plus désagréable. Agée de trente-six ans, deux fois mon âge, elle avait le don remarquable d'énerver une jeune fille aussi tranquille que moi. Plutôt petite et rondouillarde, rire était sans doute tout ce qu'elle savait faire. Elle riait niaisement, rejetant exagérément la tête en arrière, comme si elle allait étouffer. Le visage curieusement ovale, elle avait les cheveux d'un châtain que l'on devinait artificiel, et ses yeux sournois, furetant un peu partout, jusque dans ma chambre, dévoilaient le trait essentiel de sa personnalité : Adèle était d'une curiosité frisant l'indiscrétion. Indignée, je me demandais souvent comment diable mon père avait pu préférer cette grande idiote à ma mère. N'avait-elle pas jeté un sort à Papa pour entrer dans cette maison ?

La voix chaude de Ralph me fit reprendre conscience de la réalité. Il plaisantait :

« Tu es sûre que ta maison n'est pas hantée ? »

Je souris. Sans trop savoir pourquoi, je levai les yeux. Caroline était à la fenêtre de sa chambre et avait un air étrange. Les cheveux d'ébène agités par le vent, vêtue d'une ample robe grise que je lui connaissais bien, elle avait tout l'air d'une revenante.

« Sait-on jamais ? répondis-je à Ralph avec un petit rire. »

Il avait suivi mon regard, mais Caroline avait déjà disparu. Je l'invitai à entrer. Il refusa, prétextant un travail fou à remettre le lendemain. Il s'enquit néanmoins de mon numéro de téléphone. La nuit commençait à tomber. Le ciel, au fur et à mesure, prenait une teinte orangée et j'entendais aboyer les chiens du quartier. Les marchandes se taisaient enfin, ramassant hâtivement leurs paquets. Je rentrai après avoir souhaité une bonne nuit à Ralfo.

Je trouvai Caroline installée derrière un grand plat de maïs moulu et de harengs saurs. La fourchette en déséquilibre, la jeune fille semblait perdue dans ses pensées. La nourriture refroidissait dans son assiette. Je m'assis en face de ma cousine. Tandis que je dînais, je sentis peser sur moi l'intensité de son regard.

« Personne ne m'a donné des nouvelles de Mamie, dit-elle lentement après un moment.

– Je pensais que tu savais… »

Caroline frappa rageusement son poing sur la table. Je sursautai.

« Oh oui ! Je sais ce que tu penses ! cria-t-elle, défigurée par la colère. Que je m'amuse à vous effrayer tous avec mes visions ! »

Un lourd silence s'établit dans la pièce. Caroline éclata en sanglots et s'en fut en courant. Je restai interdite. Ma cousine était tout à fait imprévisible. Agée de quinze ans, elle vivait à la maison depuis le tragique accident de voiture qui avait été fatal à ses parents. Depuis ce fâcheux événement qui remontait à deux ans, Caroline était constamment sur ses gardes. La remarque la plus innocente pouvait déclencher chez elle une réaction très violente. On ne savait à quoi s'attendre avec elle.

Je rangeai la vaisselle. Mon regard revenait sans arrêt à la fenêtre, guettant le retour de mon père et d'Adèle. Bientôt, lassée de cette longue attente, je montai me coucher. En passant devant la chambre de ma cousine, je me figeai. Caroline riait ! Elle avait un rire frénétique, comme si elle était prise de folie.

Un étrange sentiment m'envahit… Renonçant à comprendre ma cousine, je me réfugiai bien vite sous mes couvertures. Les yeux fermés, je pensai à Maman. Un peu aussi à Ralph. De nombreuses images défilèrent dans ma tête. Elles devinrent bientôt incohérentes. J'avais sombré dans un profond sommeil.

CHAPITRE DEUX

Dimanche. Jour de pluie. Le ciel était gris, Port-au-Prince coloré. Contrastes. Imperméables, pardessus, parapluies… Mariage tout couleur... Une agréable odeur de terre mouillée, m'enveloppant tout entière, me faisait rêver d'îles lointaines et paradisiaques. Quelques enfants, torses et pieds nus, s'éclaboussaient dans les flaques d'eau boueuse. Je les apercevais de la fenêtre par laquelle entrait un vent glacé. Rires saccadés… Regards enjoués… Cheveux hirsutes… Gaieté puérile semblant vouloir lutter contre la lourdeur de l'atmosphère, l'égoïsme des privilégiés allié aux profondes misères des couches populaires…

Caroline avait confectionné une large pizza aux champignons. Encore en chemise de nuit, la jeune fille cherchait un couteau dans un tiroir. Les cheveux en bataille, le visage endormi, elle n'arrêtait pas de marmonner, les pieds simplement protégés d'une paire de chaussettes saumon. Vautrée au fond d'un fauteuil moelleux, Ti plume sur les jambes, je regardais repasser Jésula tout en savourant un bol d'akasan au lait. Vêtue d'un énorme chandail rouge et d'un pantalon en toile, j'avais les cheveux négligemment retenus en une queue de cheval. Mon regard revenait sans cesse à mon bracelet-montre.

Bientôt, un vrombissement de moteur me parvint de la cour. On sonna à la porte. Jésula qui avait terminé sa tâche, alla ouvrir au visiteur. C'était Frédérique, ma meilleure amie. Je l'attendais. Nous devions nous rendre ensemble à l'hôpital Saint-Louis Roi de France, puis au restaurant. Dieuseul, le chauffeur, l'avait conduite à la maison.

Personne n'aimait mon amie Frédérique. Peut-être était-ce dû à ses manières un peu brusques et à ses nombreux préjugés ? Comment le saurais-je ? Mon père m'avait bien interdit de la revoir. Imperturbable, j'avais fait la sourde oreille, d'où de nombreuses tensions dans la famille et des anicroches permanentes avec ma belle-mère. J'adorais Frédérique. Avec moi, elle était l'incarnation même de la gentillesse, prête à répondre au moindre de mes appels.

Aujourd'hui, comme à l'accoutumée, Frédérique arborait cet air carrément antipathique qui lui faisait froncer ses épais sourcils en accents circonflexes. La jeune fille était vêtue à la dernière mode américaine, et ses yeux noirs disparaissaient derrière d'énormes lunettes de soleil. Ses cheveux de jais habituellement en liberté étaient retenus ce matin là en un chignon sévère, et ses lèvres épaisses faisaient la moue pour me lancer sans autre préambule : « Prête ? »

J'acquiesçai. Dans la voiture, Dieuseul fumait une cigarette en nous attendant. Après avoir revêtu un imperméable, je le rejoignis. Frédérique en fit autant.

« Il est arrivé quelque chose d'horrible, murmura cette dernière d'une voix mystérieuse. »

Le véhicule s'était mis en marche. A travers la vitre, je regardais une femme faire des remontrances à un jeune garçon qui refusait de s'abriter sous un grand parapluie à motifs jaunes. Sur le perron, Ti Plume agitait sa queue en panache, comme pour me dire : « A bientôt. » Je levai un regard inquisiteur vers Frédérique.

« Te souviens-tu de Béatrice Camille ? me demanda-t-elle. »

Les traits de Béatrice me revinrent de façon un peu floue. C'était une fille simple, intelligente, mais au physique plutôt insignifiant qui, l'année précédente, avait fréquenté le même établissement scolaire que nous. Je me demandais pourquoi Frédérique évoquait son nom ce matin.

En réponse à ma muette interrogation, elle laissa tomber d'une voix à peine audible :

« Elle a été assassinée…»

Un sentiment à la fois de révolte et de désolation m'envahit. Nul n'était épargné dans ce pays transformé depuis quelque temps en un repaire de malfaiteurs, de zenglendos et d'anarchistes... Les jeunes n'en pouvaient plus de se terrer à la maison, de se surveiller à toutes les heures du jour et de la nuit, vivant dans la peur constante de ne pas voir le lendemain. Etait-ce une malédiction ?

« Pourquoi ? »

Question très bête. Mais que dire d'autre ? Le serrement que j'avais au cœur m'empêchait presque de parler.

Frédérique, de son côté, gardait son calme. Elle continuait :

« Un crime sans précédent, vraiment. On a d'abord cru que la jeune fille avait été dévorée par un animal sauvage, le corps étant presque entièrement décharné. Cependant, la police a retrouvé des empreintes de pas à proximité. Le meurtre a été commis par un maniaque, un malade mental, peut-être. Et puis… Un animal mangeur de chair en pleine ville, allons donc ! C'est à dormir debout ! A l'heure actuelle, ne sommes-nous pas devenus pires que des sauvages ? Malgré le procès verbal, un certain mystère plane sur ce meurtre…»

Ma tête éclatait. Frédérique ne voyait-elle pas combien j'étais bouleversée ? Apparemment non. J'avais la nausée rien qu'à imaginer le corps ensanglanté et en lambeaux de Béatrice Camille. Elle n'avait que dix-neuf ans. Quel mal pouvait-elle avoir commis pour susciter tant de haine ! Pauvre Béatrice !

Dieuseul qui avait éteint sa cigarette fit la remarque suivante :

« Se dyab ki manje pitit madan Camille-la wi. »

Frédérique éclata d'un rire sonore.

« Le bon Dieuseul ! Toujours à se prendre pour un oracle, railla-t-elle. »

L'homme qui ne parlait pas français comprit cependant que l'on se moquait de lui et se rembrunit. Il se tut. Parfois, Frédérique exagérait un peu.

La voiture roulait rapidement en direction de Pétion-Ville. Fait insolite pour un dimanche, la route du Canapé-Vert était très fréquentée. La majorité des gens que nous croisions étaient fraîchement vêtus pour la célébration eucharistique. A croire que Dieu comptait beaucoup d'adeptes dans notre chère capitale. Et pourtant, chaque nuit, quelqu'un était assassiné. Le Diable y était bien pour quelque chose, après tout.

Bientôt se dressa à notre vue Saint-Louis Roi de France, un gigantesque bâtiment vert entouré d'arbres et de fleurs. Le coin où se trouvait l'hôpital était plutôt tranquille. Quelques mendiants en haillons, abrités sous une gouttière, tendaient désespérément leurs chapeaux de paille. Des enfants jouaient gentiment au cerceau sur le trottoir, la pluie semblant être le cadet de leurs soucis.

Une infirmière à la voix nasillarde nous conduisit, Frédérique et moi, jusqu'à la chambre vingt-six. Le hasard fait bien les choses. Mon père et Adèle venaient juste de partir. L'orage éventuel, relatif à la présence de Frédérique, était donc évité.

« Mikaëlle ! Frédérique ! Comme je suis contente de vous voir ! s'exclama Mamie à notre vue. »

Ma grand-mère n'avait rien d'une souffrante. Ses yeux pétillaient, ses joues étaient bien rouges et ses cheveux convenablement coiffés. Le dos appuyé contre deux oreillers, elle lisait attentivement un numéro du Nouvelliste, journal qui était selon elle le meilleur de la capitale. A la une : *Un meurtre sans précédent.* Je saisis le journal et parcourus fébrilement l'article :

Une jeune fille de dix-neuf ans, Béatrice Camille, domiciliée à la rue Bichette, a été retrouvée assassinée vendredi soir, dans la cour de sa propriété. Il a suffi que Monsieur et Madame Roger Camille, les parents de la jeune fille, s'absentent une quinzaine de minutes pour que le meurtrier s'en prenne à Béatrice qui apportait son repas au chien de la maison.

« Nous ne saurions décrire, voire identifier l'arme du crime, les données étant confuses pour le moment, a déclaré le chef de la police. »

Quand le corps a été découvert, l'on n'y voyait plus que les os et quelques parcelles de chair. A croire que le meurtrier a fait subir à sa victime une chirurgie particulière… Pour l'instant, les habitants de la rue Bichette sont tous plongés dans la consternation. Quelles sont donc les limites de l'insécurité dans notre pays ?

Les photographies du cadavre, quoiqu'un peu sombres, accentuaient le cauchemar. L'article, encore long, apportait d'autres détails. Toutefois, je déposai le journal, n'ayant pas le courage d'en continuer la lecture. J'en avais plus qu'assez. Malheureusement, Mamie semblait avoir envie de discuter de l'affaire. Elle saisit un vieux magazine un peu chiffonné avec le temps, et jusqu'alors déposé sur la table de chevet :

« Par coïncidence, déclara-t-elle avec véhémence, je lisais un vieux magazine de l'année précédente. Et figurez-vous que l'an passé, une autre jeune fille de la capitale, une dénommée Marguerite Mérilus, a été elle aussi assassinée de façon ignominieuse. On n'en avait pas vraiment parlé. C'était évidemment l'œuvre d'un maniaque, mais avec toutes les superstitions de ce peuple…»

Je songeai à la remarque de Dieuseul dans la voiture.

« Je me demande, continua grand-mère, s'il faut établir un rapport entre les deux décès. On dit que le médecin chargé de l'autopsie a relevé dans les deux cas des traces de morsures *humaines*... Mais ce n'est qu'un *On dit*, s'empressa-t-elle de souligner, sans doute pour ne point m'alarmer. Je pense que cette histoire demeurera une énigme…»

L'infirmière vint annoncer que l'heure des visites était terminée. Il nous fallait partir. Mamie semblait désolée. Nous n'étions restées que vingt minutes en sa compagnie. Après l'avoir embrassée, Frédérique et moi prîmes congé.

Dieuseul qui s'était endormi dans la voiture sursauta quand j'ouvris la portière. Il s'étira longuement et alluma la radio. Frédérique avait décidé que nous irions manger à Shadow. Ce restaurant faisait partie d'un complexe commercial au Canapé-Vert. Dieuseul, ayant des courses à faire, nous y déposa et promit de revenir nous chercher aux environs de deux heures.

Shadow était un petit resto au cadre plutôt agréable. Tout y était fleuri, depuis le dossier des chaises jusqu'aux sous-verres en bois. L'effet était vraiment réussi. Nous fûmes accueillies par le cliquetis des verres. Un serveur au sourire affable nous apporta le menu après nous avoir conduites à une table du fond.

Nous étions à peine installées que Frédérique déjà se relevait :

« Mais c'est Diana ! Excuse-moi, Mika. Je reviens ! »

Sur ce, elle partit en courant à la rencontre d'une amie aperçue dans le hall du complexe. Au même moment, je crus entrevoir la silhouette de Ralph. Je ne me trompais pas. Il portait un très large maillot rouge griffé d'un énorme chiffre cinq, qui lui donnait l'air d'un joueur de foot.

Je réalisai avec plaisir que le jeune homme se dirigeait vers ma table, souriant comme toujours.

« Je suis contente de te revoir ! lançai-je, avant même qu'il ne m'ait salué. »

Son sourire s'élargit. Ses yeux pétillèrent dans la demi-obscurité due au temps pluvieux. M'embrassant sur la joue, il prit place à mes côtés. J'étais vraiment dans tous mes états lorsqu'il posait les yeux sur moi. Quelques gouttes de pluie perlaient dans ses cheveux. Je me retins pour ne pas les lui enlever. A peine pouvais-je soutenir son regard ! Ralph me tendit un lot d'affiches publicitaires. J'y lus : *Réouverture du Safari Club le vendredi 20 février. Bal masqué avec DJ Bongo de Miami. Déguisement obligatoire.*

« Tu veux bien distribuer quelques feuillets à ton école ? J'ai du travail par-dessus la tête et en plus, je dois organiser ces prochaines festivités.

– Avec plaisir, assurai-je. »

Puis, examinant une des affiches, je m'étonnai :

« Le Club a adopté un nouveau logo.

– Oui, répondit Ralph. J'en suis l'auteur. Comment le trouves-tu ? »

Décidément, ce garçon me réservait bien des surprises. Y avait-il un don qu'il ne possédât pas ? Quel phénomène ! Il s'informa de ce que je désirais manger. En fin de compte, nous commandâmes tous deux salade du chef et jus d'orange. Tout au long du repas, Ralph parla. Je l'écoutai religieusement, intéressée par la moindre de ses paroles.

Une bonne heure devait s'être écoulée lorsque revint Frédérique accompagnée de Diana. Apparemment, Ralph était une des vieilles connaissances de cette dernière :

« Ralfo ! s'écria-t-elle. Quelle surprise ! Je te croyais en Floride. Patricia m'avait annoncé que tu l'y rejoindrais pour quelques semaines.

– Une fois arrivées les vacances de Pâques, je file, répondit Ralph. »

Avec un étrange sentiment de jalousie, je me demandai qui pouvait bien être cette Patricia. Le jeune homme avait confirmé ce déplacement avec tant de chaleur ! Difficile de ne pas comprendre. Sa petite amie, sans aucun doute. J'avalai ma salive. Un garçon de la classe de Ralph Buisson devait connaître un succès fou en amour…

Frédérique et Diana se firent servir des sandwiches au jambon qu'elles avalèrent rapidement. Elles papotèrent encore quelques minutes puis Diana s'éloigna en nous lançant un léger *à bientôt*. Alors que Ralph nous faisait lui aussi ses adieux, Dieuseul arriva. Il était un peu plus de deux heures et demie.

De la galerie, j'entendais rire Adèle et mon père. Je réprimai une grimace puis, d'un geste machinal, je poussai les persiennes de la porte d'entrée qui se referma dans un claquement. Les éclats de rire n'arrêtaient pas. Je les localisai. Mon père et sa femme étaient à la salle à manger. Ils venaient sans doute de terminer leur dîner. Je m'appuyai un instant contre le mur. Frédérique m'interrogeait du regard. Au même moment, la voix d'Adèle me parvint, chevrotante et perfide :

« Hector, je trouve sincèrement que Mikaëlle se donne un peu trop de libertés. Ne lui avais-tu pas interdit de fréquenter la petite Jérémy ? Pourtant, en quittant l'hôpital ce matin, je les ai vues arriver bras dessus bras dessous…»

Frédérique leva le sourcil, tandis qu'une colère noire m'envahissait. De quel droit Adèle se mêlait-elle de mes relations ? Je tremblais à la fois de rage et d'impuissance. Je détestais ma belle-mère…

Ils avaient recommencé à rire, semblant vouloir me narguer. Abattue, je montai dans ma chambre, suivie de Frédérique. Jésula y faisait le ménage.

« Quelle gourde, ton père ! laissa tomber Frédérique en se jetant sur mon lit. Dire que cette imbécile le mène par le bout du nez… »

J'en voulus à mon amie de parler ainsi de Papa. Mais, après tout, avait-elle réellement tort ? Depuis l'arrivée d'Adèle, mon père avait beaucoup changé. Il ne jurait que par sa femme, se mettant souvent en colère contre moi. Et Adèle faisait de son mieux pour envenimer la situation.

« Je la hais ! Je la hais ! vociférai-je, hors de moi. »

Jésula secoua la tête d'un air désapprobateur :

« Pa di sa, pitit mwen. Bondye va pini w', wi. »

Dieu. Seule Jésula citait ce nom en ma présence. Quand Maman habitait ici, je la surprenais parfois, égrenant un chapelet. Elle se cachait pour le faire, car mon père, irréductible, assimilait à des pratiques superstitieuses ces formes de méditation. Ainsi, jamais nous n'allions à l'église. J'en voulais à Papa de m'empêcher de connaître Dieu et d'apprécier la joie des prières en famille. Je sentais souvent un grand vide, un immense besoin… Comment dirais-je ? Un immense besoin d'infini ? Oui, c'était bien cela. Un immense besoin d'infini. Personne n'avait pris la peine de me parler de Dieu, de m'enseigner ses préceptes à travers la Bible. Peut-être étais-je aussi coupable de n'avoir pas chercher à connaître l'Être Suprême par mes propres moyens !

« Jésula, tu dois comprendre Mikaëlle, rétorqua Frédérique. A sa place, j'aurais déjà tordu le cou à cette vipère en lui disant ses quatre vérités… (Se tournant vers moi) Tu dois prendre la situation en main, Mika. Je peux t'aider, si tu veux…»

J'étais curieuse de savoir comment. Je m'apprêtais à la questionner en ce sens lorsque Caroline entra en coup de vent dans la chambre, un cartable rouge grenat en main. Immédiatement, Frédérique se leva, prête à partir. Entre Caroline et elle, c'était la guerre froide.

« Pas la peine de me raccompagner, souligna mon amie, comme j'allais me lever. J'affronterai bien les granmoun toute seule si jamais je les croise. A bientôt. »

Elle s'en fut après un regard lourd de signification à l'adresse de ma cousine. Mais celle-ci, très calmement, s'installait déjà à mes côtés.

« J'écris une histoire, me confia-t-elle simplement. »

Je levai les yeux vers elle. Cela ne m'étonnait pas. Caroline obtenait toujours d'excellentes notes en français, et ses nombreux poèmes étaient tous très poignants. Je me doutais bien que Caroline préparait quelque chose. Elle s'enfermait souvent seule dans sa chambre, et j'entendais parfois le ronronnement de la machine à écrire électrique. C'était donc cela ! Elle rêvait de devenir écrivain !

Jésula sortit de la pièce. Des éclats de voix me parvinrent du rez-de-chaussée : Choc évident entre Frédérique et mes parents. Caroline, se souciant le moins du monde du tapage auquel nous finissions par être indifférentes, ouvrit son cartable et en tira un lot de feuilles rayées.

« Tu veux bien y jeter un coup d'œil ? me demanda-t-elle d'une voix presque suppliante.

– Bien sûr, répondis-je en souriant. Avec joie, ma chère. »

J'étais sincère. Caroline écrivait bien. Je lui enviais même cette aptitude à tisser des intrigues hors du commun avec des personnages fantastiques.

Abandonnant le cartable près de l'oreiller, Caroline retourna dans sa chambre. Je fermai les yeux, repensant aux différents événements de la journée, particulièrement aux suggestions de Frédérique. L'atmosphère était devenue intolérable depuis le récent remariage de mon père. Je me sentais étouffer. Il me fallait réagir. Mais comment ? Un drôle de sentiment m'envahit. C'était bien la première fois que je détestais quelqu'un. D'un naturel facile et agréable, j'aimais la vie. Que m'arrivait-il aujourd'hui ? Mon cœur était-il en train de se durcir ? Je frémis à cette pensée…

Pour me changer les idées, je m'emparai du manuscrit de Caroline. L'écriture de la jeune fille, très irrégulière, rendait peu aisée la lecture de son texte et les énormes taches d'encre n'étaient pas là pour simplifier les choses. En tête de page, il était écrit : *Dédié à ma cousine Mikaëlle Saint-Pierre qui a toujours été très bonne pour moi.* Le pensait-elle réellement ou bien l'avait-elle écrit juste pour m'encourager à poursuivre ? L'histoire était intitulée : *Le règne du Diable… Qui aura le dessus ?* Je souris. Je m'attendais à tout, sauf à ce genre. Mais, à la réflexion, l'horreur correspondait bien à la nature mystérieuse de Caroline.

J'entamai le premier chapitre du livre : *Le Diable sur terre.*

La course immodérée aux richesses et aux plaisirs... Les haines implacables et injustifiées… la violence permanente des représailles… L'Homme, sans le savoir, par la force de ses pensées déchaînées, créa Satan, le Diable. Le Diable prit une forme mi-humaine mi-bestiale, décidant de prendre possession de la terre…

Je levai les sourcils. C'était *ça*, l'histoire de Caroline ? Tout ce charabia ?

Le Diable se nourrissait de sang et de chair, incitant l'Homme au mal pour assouvir ses besoins. Il se complaisait dans l'hostilité et la médiocrité. Quand l'heure fut venue, il fit naître l'enfant qui devait réaliser ses ambitions : effacer toute trace d'amour, de fraternité dans notre monde. Et ainsi : enchaîner, à tout jamais, ceux de notre espèce au péché.

Le voilà une nouvelle fois, prêt à partir à la recherche de sa proie… L'avez-vous entendu ? Le Diable a hurlé cette nuit… il avance… il avance… il est tout près… Au secours !

CHAPITRE TROIS

J'avais passé le restant de l'après-midi à lire le livre de Caroline. Son histoire avait peuplé mon sommeil d'affreux cauchemars si bien que le lendemain, j'eus beaucoup de mal à me réveiller pour me rendre en classe.

Chaque matin, Caroline et moi faisions à pied la route menant à l'école, ce que je détestais, ayant à subir les sifflements moqueurs et les ricanements prolongés des voyous du coin. L'après-midi, heureusement, comme par magie, les vandales disparaissaient, laissant place à des piétons pressés et préoccupés.

« Alors…, me dit Caroline ce matin-là. Mon manuscrit ?

– En ce qui a trait à l'horreur, pas mal, répondis-je sans la moindre hésitation. Bravo ! Pour le reste, je ne sais pas trop. Ce n'est sans doute pas mon genre, ces histoires de Satan établissant son règne sur terre. Un peu plat, selon moi. Nul même. »

Ce matin, je n'étais décidément pas moi-même. Pourquoi asséner une telle douche froide à ma cousine ? Que m'avait-elle fait ? Elle me considérait d'un air perplexe. Soudain, sans raison apparente, j'accélérai le pas, l'abandonnant très loin en arrière. Caroline me tapait sur le système. Etrangement irritée, j'avais envie d'être seule et de ne penser à rien…

Un rire grossier…Je fis volte-face. Un jeune garçon en guenilles me souriait béatement et essayait de s'approcher de moi.

« Imbécile ! jurai-je avec un regard dédaigneux. »

Le rire s'arrêta net. Je repris mon chemin, ruminant de sombres pensées. Invoquant la mauvaise influence d'Adèle sur mon père, je la rendis responsable de mon état d'esprit. D'habitude, j'étais calme, souriante et gentille. Je ne me reconnaissais plus depuis quelques jours.

J'arrivai bientôt en vue de mon école, un établissement d'études secondaires qui accueillait près de cinq cents jeunes filles. Il était encore tôt. Dans les couloirs, je croisai quelques élèves en uniforme. Je surpris Frédérique dans la salle de classe, son baladeur aux oreilles.

« Ecoute cette méringue carnavalesque ! me lança-t-elle. Tu vas adorer ! »

Pour toute réponse, j'interrompis la musique. Frédérique protesta mais je fis la sourde oreille.

« Comment me débarrasser d'Adèle ? lâchai-je de but en blanc.

– Facile ! Coupe-lui la gorge.

– Frédérique, je suis sérieuse ! »

Ma voix tremblait.

« D'accord, d'accord, fit Frédérique. Pas la peine de t'énerver ! »

Pendant quelques secondes, elle eut l'air de réfléchir.

« Et si tu lui inventais un amant ? dit-elle finalement. »

Un amant ? Mon père croirait-il à cela ? Une petite voix intérieure (bien faible, en vérité), blâmait une telle attitude. Je fis mon possible pour l'étouffer.

« Comment m'y prendre ? demandai-je. »

Frédérique avait déjà tout manigancé dans son esprit génial (diabolique, oui). Elle me fit part de son plan. Il me suffirait d'attendre le jour des courses de ma belle-mère pour abandonner une lettre quelque part où mon père la trouverait à coup sûr. Faisant le rapprochement entre la sortie de sa femme et le rendez-vous proposé dans la lettre, Papa n'y verrait assurément que du feu.

« Il ne se doutera pas de ce qui se trame, pensai-je en mon for intérieur. Adèle est si stupide qu'elle serait bien capable d'oublier jusque dans sa chambre une lettre compromettante. »

Frédérique quitta la pièce, me laissant à mes réflexions. Le silence était des plus lourds, la classe de rhéto étant située dans une aile très peu fréquentée. Je pensai et repensai au plan, bien décidée à le mettre à exécution. Soudain, j'eus la chair de poule, saisie d'une peur inexpliquée. Y avait-il quelqu'un dans le couloir ? Je passai la tête dans l'entrebâillement de la porte. Personne. Des bribes de phrases écrites par Caroline me revinrent : *Le Diable se nourrissait de chair et de sang.* Un long frisson me parcourut et les battements de mon coeur devinrent tout à coup irréguliers.

J'entendis le grincement d'une porte… puis un bruit de pas… lourd et lent… Je retins mon souffle. Puis, rien… Prise de panique, je restai longtemps immobile, tapie derrière la porte.

La voix de Frédérique me fit sursauter :

« Tu es encore là ? Nous avons toutes rendez-vous à la salle de conférence ! »

Comme je tardais à la rejoindre, elle était venue se rendre compte de ce que je fabriquais.

« Je ne me sens pas bien, murmurai-je. Tu veux bien m'accompagner à l'infirmerie ? »

Décidément, ça n'allait vraiment pas. Les battements de mon coeur ne décéléraient pas, et j'avais très froid. Je devais absolument me calmer. J'obtins de l'infirmière l'autorisation de rentrer à la maison. Frédérique me ramena en voiture.

« Allez, Nissa, donne-le-moi !

– J'ai pas envie !

– Tu avais promis !

– Eh bien, j'ai changé d'avis !

La discussion entre les deux fillettes se serait sans doute éternisée si Caroline ne s'était pas interposée :

« Du calme, les jumelles ! Vous allez réveiller Mikaëlle. »

Réveillée, je l'étais déjà. Mes paupières, cependant, encore closes, donnaient l'illusion à ma cousine et à mes deux petites voisines que j'étais endormie.

La matinée de ce lundi défilait comme un film dans ma tête. J'essayais de comprendre. De comprendre tous ces sentiments inhabituels qui m'avaient envahie en l'espace de quelques heures. Mon irritation contre Caroline... Ce profond désir de me venger d'Adèle... Enfin, cette peur ressentie dans la salle de classe. Comment avais-je pu changer de la sorte ? Etait-ce véritablement Adèle la responsable de mes sautes d'humeur ?

« Embrassez-vous comme deux gentilles petites filles, et allez vous amuser sous l'amandier. »

Ainsi fut tranchée la question. Les deux jumelles s'en furent dans le jardin. Caroline frappa timidement à ma porte. Je lui demandai d'entrer.

« Je peux te parler ? s'enquit-elle. »

J'acquiesçai. M'en voulait-elle ? Avant même qu'elle n'ait pu ajouter quoi que ce soit, je lui dis d'une voix contrite :

« Ecoute, Caroline, je suis vraiment désolée. Je ne pensais pas tout ce que je t'ai dit. Ton histoire manque peut-être un peu de cohérence mais elle exprime une grande capacité d'invention. D'ailleurs, je suis très mal placée pour juger une oeuvre littéraire…

– Je te comprends, répondit ma cousine en haussant les épaules. Il arrive à tout le monde de s'énerver. Mais tu sais, Mikaëlle, les fréquentations douteuses n'aident pas vraiment à s'améliorer…»

Je savais qu'elle faisait allusion à Frédérique. Je n'eus pas la force de protester.

Elle continua :

« J'ai quelque chose d'important à te dire, Mikaëlle : j'ai rêvé de toi hier soir. »

Mon coeur fit un bond. Caroline avait rêvé de moi ? Un malheur était imminent. Mes mains se crispèrent.

« Je ne sais pas exactement ce que ça voulait dire, fit la jeune fille d'une voix atone.

– Qu'est-ce que c'était ? la pressai-je, haletante. Qu'est-ce que c'était ? »

Caroline s'assit à mes côtés.

« Il faisait nuit, dit-elle. Nuit noire. Une pluie diluvienne fouettait le toit de la maison. Je te voyais dans le salon, étendue sur un canapé, les yeux mi-clos, Ti Plume sur les genoux. L'obscurité était totale… De temps à autre, tu ouvrais les yeux, lançant un regard inquiet vers la porte d'entrée. A chaque fois, Ti Plume, émoustillé, grondait, les oreilles dressées. »

Ses yeux semblaient s'agrandir d'horreur au fil du récit :

« Soudain, l'écho d'une voix anormalement rauque se répercuta dans les moindres coins de la pièce. Cette voix, elle m'était familière… Pourtant, ce matin, je ne m'en souviens plus. Pourquoi ? gémit Caroline. »

Elle continua d'une voix étranglée :

« Ti Plume, apeuré, se réfugia sous le canapé. Tu te levas, mécaniquement, le regard dans le vide, comme sous hypnose. *Viens, viens,* disait la voix. *Qu'attends-tu ? Viens. Viens. Viens. Viens.* Personne n'aurait pu t'arrêter : tu allais à la rencontre de celui, de celle qui t'appelait inlassablement : *Viens, viens, viens.* La porte s'est alors entrouverte, répandant une lumière rougeâtre dans la pièce. Je devinais des flammes derrière cette porte. Une chaleur atroce te frappa de plein fouet, et tu t'évanouis…»

Je restai un long moment sans rien dire, me demandant si Caroline ne se moquait pas cruellement de moi. Peut-être avait-elle été ce matin plus profondément blessée par mes remarques qu'elle ne voulait le laisser croire ? Cependant, un étrange sentiment m'animait. Quelque chose me disait que Caroline n'inventait rien, et cela ne faisait qu'augmenter ma peur. Car j'avais peur. Terriblement peur. Et je découvrais aujourd'hui que rien n'était pire que la peur. Ni l'inquiétude, ni la tristesse… Ma cousine me donnait froid dans le dos… Tout ce que je désirais pour le moment, c'était fuir. Partir loin, très, très loin, quelque part où personne ne me connaissait. Ma vie ici était en train de se transformer en un horrible cauchemar. Ma cousine entendait sans doute les battements désordonnés de mon coeur, ce coeur qui vibrait jusqu'à me faire mal.

« Seigneur…, murmurai-je. »

Et voici que j'appelais à mon aide cet Être qui m'était inconnu et que je craignais.

Caroline me saisit brusquement par le bras :

« Ecoute, Mikaëlle, tu dois me prendre au sérieux… Je m'inquiète pour toi ! »

Elle avait la voix enrouée et les yeux embués de larmes. Essayant de dominer mes émotions, je fis la jeune fille imperturbable. Je me raclai la gorge pour lui dire :

« Je voudrais rester seule un moment. Je me sens lasse. Excuse-moi. »

Comme ma cousine ouvrait la bouche, j'ajoutai :

« La matinée a été fatigante, et j'ai une terrible envie de dormir. Je t'en prie, laisse-moi. »

Caroline hésita un peu avant de sortir. Elle semblait dans tous ses états. Les yeux cernés et rougis par les pleurs, elle avait les mains qui tremblaient. Je ressentis un pincement au coeur.

« J'ai entendu frapper. Ce doit être le facteur, dit-elle avant de refermer la porte. Je t'apporte le courrier, d'accord ? »

J'acquiesçai. Je devais absolument me changer les idées. Ma cousine ne tarda pas à revenir. Elle me tendit deux enveloppes. La première venait de Laurence, ma correspondante française. Sur la deuxième, je reconnus l'écriture délicate de Maman. Je déchirai ce dernier pli avec enthousiasme. Un billet de ma mère, c'était sans doute la seule note positive de la journée.

Chère Mika,

Comment vas-tu, ma chérie ? Tu me manques beaucoup, tu sais. Une heureuse nouvelle : nous allons enfin nous revoir ! Les soeurs de la Sainte Vierge de Saint-Marc nous ont invitées, toi et moi, à une petite retraite ce week-end. Soeur Maria qui sera à Port-au-Prince vendredi passera te prendre aux environs de cinq heures. Je lui ai donné tes coordonnées.

Je t'embrasse, ma chérie, avec au coeur la joie de te revoir bientôt.

Affections de Maman.

C'était tout simplement merveilleux ! Il me fallait absolument partager ce bonheur avec quelqu'un. Je téléphonai à Frédérique.

« Frédérique, je pars pour Saint-Marc ce week-end, tu entends ?

– Ecoute, Mika, je suis un peu occupée. Pourrais-tu me rappeler ? »

Ce fut comme une douche froide. Interdite, je raccrochai. C'en était trop. J'éclatai en sanglots. Je me sentais soudain terriblement seule. Personne ne me comprenait. Frédérique qui était ma meilleure amie savait combien il était important pour moi de revoir Maman. J'enfouis ma tête sous l'oreiller pour avoir cette sensation de me retrouver dans un monde à moi toute seule. J'avais tant d'amour à offrir ! Personne ne semblait en vouloir. Exaspérée et malheureuse à la fois, j'en voulais à la terre entière. Je repoussai l'oreiller d'un geste rageur, essuyai mes yeux du revers de la main et sortis de la chambre en coup de vent. Une fois dans la cour, je respirai un bon coup puis, d'un pas modéré, je franchis la barrière vers une destination imprécise.

A l'horizon, le soleil, en chemise de nuit orangée, souriait timidement à une lune aussi ronde et blanche que nos soucoupes à dessert. Quelques étoiles jouaient à cache-cache derrière la brume. La rue était presque déserte. Les lampadaires, ça et là, n'éclairaient que faiblement les trottoirs. Ti Pierre, un garçonnet du quartier, m'interpella gaiement de son balcon. Je me retournai pour le saluer de la main et remarquai Ti Plume qui me suivait à distance. Il reniflait la terre à la manière d'un détective.

Tous les jours, les marchandes de manje kwit, magistralement installées à chaque coin stratégique du quartier, offraient pour la plupart un consommé brûlant, appétissant à la vue… Les petites gens se bousculaient devant elles et abandonnaient sans gêne au trottoir reliefs et papiers d'emballage… Aussi, les détritus s'empilaient de façon inquiétante…

« Ça sent mauvais, hein ! fis-je avec un pincement de nez à l'adresse du chien. »

Ti Plume sembla approuver.

Un couple d'amoureux, avares de grand spectacle, se tenaient tout simplement les mains… La femme, appuyée contre une clôture, souriait de bonheur. Et l'homme, placé juste en face, la mangeait des yeux. Le bébé de la famille Jacques pleurait. La voix de la jeune mère me parvenait, douce, apaisante. Les portes étaient entrouvertes, laissant pénétrer la brise caressante du soir. Au fur et à mesure, tout se calmait. Bientôt, le silence fut victorieux de toutes ces rumeurs.

Ti Plume et moi étions arrivés au petit parc de Babiole. Personne aux alentours. Dès six heures du soir, l'eau ne jaillissait plus de la fontaine. Tout semblait mort et désolé. Je me laissai choir sur l'un des bancs un peu poussiéreux.

« Tu sais, Ti Plume, murmurai-je en lui caressant le cou, je ne sais pas ce que je ferais sans toi. J'aimerais que mes amis soient aussi fidèles que mon petit chien…»

Ti Plume, brusquement, redressa la tête, huma l'air de façon suspecte, et se mit à gronder. Un étrange sentiment d'insécurité s'empara de moi. Au même moment, un bruissement singulier me donna la chair de poule. Ti Plume n'arrêtait pas de gronder. Effrayée, je me relevai.

« Qui est là ? »

J'étais aussi ridicule que ces actrices de cinéma américaines qui avaient toujours une telle question au bout des lèvres… Je regardai en tout sens. Soudain, une odeur fétide me blessa les narines. Je fus parcourue d'un long frisson. Je suffoquais. Ti Plume aboyait très fort. Sans savoir pourquoi, je pris mes jambes à mon cou, identifiant de loin les jappements répétés du chien. Courant éperdument, j'arrivai bientôt en vue de ma maison. Ti Plume ne m'avait pas suivie. Où était-il ? Je reconnus Jésula sur le perron et me précipitai dans ses bras, haletante.

« Sa w' genyen, pitit mwen ? s'inquiéta-t-elle. »

J'étais incapable de répondre intelligiblement. J'avais comme du coton au fond de la gorge. Et Ti Plume que j'avais lâchement abandonné au parc ! Qu'allait-il lui arriver ? Jésula me conduisit à la salle à manger. Elle me fit avaler un verre d'eau salée et me prépara ensuite une infusion de camomille. Quelques minutes plus tard, je me sentais déjà mieux.

« Si ou te konn lapriyè, gen de laperèz ou pa ta genyen, remarqua Jésula.

– Lapriyè avè m', Jésula, tanpri ! lui répondis-je sans trop savoir pourquoi, d'une voix suppliante. »

Jésula tira une petite Bible bleue de la poche de son tablier. Au même instant, la plainte d'un animal arriva jusqu'à nous. Je me levai d'un bond. C'était Ti Plume, j'en étais sûre. Je me précipitai à l'entrée. Le chien, maladroitement, grattait la porte. Les battants, une fois écartés, un spectacle me glaça d'horreur. Des traînées rouges se dessinaient un peu partout dans l'allée principale et, sur le perron, recroquevillé sur lui-même, Ti Plume baignait dans son sang.

« Jésula, vite ! Appelle le docteur Jacques ! »

Les larmes me brûlaient les yeux. Que lui était-il arrivé ? Impuissante, je m'agenouillai aux côtés du chien. Ses gémissements se faisaient de plus en plus faibles. A l'arrivée du vétérinaire, l'animal ne bougeait presque plus. J'étais atterrée. Je harcelai le médecin de questions. Ce dernier souleva délicatement Ti Plume qu'il embarqua dans sa petite Honda bleue. Cette couleur me fit penser à la prière que Jésula et moi étions sur le point de faire.

Jésula m'entoura affectueusement de son bras et m'accompagna jusque dans ma chambre. Mon père avait demandé au vétérinaire de téléphoner aussitôt que Ti Plume irait mieux. Je me changeai, enfilant un ample pyjama à rayures vertes. Lorsque Jésula me borda dans mon lit, je crus un moment redevenir une toute petite fille et repensai à maman, à mon prochain séjour à Saint-Marc…

Ce soir-là, je priai pour la première fois. J'appris par coeur le Psaume vingt-trois, et m'endormis en le récitant.

CHAPITRE QUATRE

Pourquoi tant de pleurs ? Au cours de la nuit, le vétérinaire avait téléphoné. Ti Plume vivrait. Alors, pourquoi donc m'étais-je réveillée avec les larmes aux yeux ? Je me rappelai avoir fait un horrible cauchemar. Frédérique y jouait un rôle important… Frédérique ! C'était donc cela. Au souvenir de l'indifférence manifestée la veille par cette soi-disant amie, j'eus très mal et mes yeux se mouillèrent. Pourquoi fallait-il, qu'en plus d'une famille divisée, je n'eusse aucun véritable ami ? Y avait-il en moi quelque chose qui clochait, m'empêchant de retenir véritablement l'affection ?

Le réveil matin sonna de manière à percer les tympans. Il était six heures et demie. En dépit de mon humeur maussade, il fallait me préparer pour l'école. Bon gré, mal gré, je m'extirpai de mon lit. Ayant très mal dormi, j'avais les yeux cernés. Au moment d'entrer à la salle de bain, les paroles du docteur Jacques me revinrent à l'esprit :

« Ti Plume semble avoir été attaqué par un animal très fort. Un chien errant, probablement. »

Caroline, à qui j'avais rapporté cette réflexion, avait opiné :

« Je trouve qu'on attaque un peu trop ces jours-ci. Quand ce ne sont pas de jeunes filles retrouvées mortes dans leurs jardins, ce sont des animaux domestiques victimes d'agressions inexplicables. »

J'avais frémi, sachant à quel événement elle était censée faire allusion.

« Le meurtre de Béatrice Camille est l'oeuvre d'un maniaque, pas d'une bête sauvage, avais-je rétorqué. »

Ma cousine avait paru sceptique :

« Connais-tu un seul homme capable d'arracher la peau à sa victime en moins de quinze minutes ? Ce ne pourrait être non plus du ressort d'un chien. Franchement, ma vieille, il y a du pas clair là dessous ! »

J'avais ri, mais mon rire avait sonné faux. Décidément, je supportais de moins en moins la présence de ma cousine à la maison.

Je me lavai vigoureusement le visage, et tentai ensuite, en me fardant discrètement, de cacher mes cernes. Le résultat fut médiocre.

« J'ai beaucoup avancé dans mon histoire, me confia Caroline alors que nous cheminions en direction de l'école. Te souviens-tu du vieil oncle Amédée ? Il se montre très encourageant. Il a même parlé de publier l'ouvrage à ses frais si jamais je comptais le faire. Qu'en penses-tu ? Je voudrais, en outre, illustrer l'histoire. Pourrais-tu m'aider à contacter un dessinateur ? »

Volubile comme à l'ordinaire, Caroline parlait avec enthousiasme. Je me taisais. S'était-elle aperçue de mon état d'esprit ? Sûrement pas. Quelle égoïste ! Le visage de Ralph s'imposa à moi. Je me demandai s'il excellait dans le dessin et me promis de l'interroger à ce sujet. Assurément, j'aurais de ses nouvelles puisqu'il avait mes coordonnées… Quelque chose me disait cependant que Ralph n'appellerait pas si tôt.

Ce matin-là, je n'adressai pas la parole à Frédérique. Elle en fut probablement étonnée. Cependant, elle n'en montra rien, prenant le parti de m'ignorer également. Aux récréations, elle monta à la bibliothèque, ce qui ne manqua pas de me surprendre car elle détestait la lecture. Un peu avant le renvoi, je l'aperçus en compagnie de Jenny Samuel, chez qui j'avais rencontré Ralph. En les voyant rire ensemble, je me sentis terriblement triste et eus envie de les rejoindre. Mais mon orgueil prenant le dessus, je demeurai seule, distribuant à quelques camarades les affiches publicitaires du DJ Bongo.

La semaine me parut extrêmement longue. Les secondes semblaient vouloir se transformer en minutes, les minutes en heures. Il me tardait de voir arriver le jour béni qui me permettrait de retrouver ma mère. En informant Papa de l'invitation, intentionnellement, j'avais passé sous silence la participation aux deux jours de retraite. Tout allait bien de ce côté. Comme annoncé, Soeur Maria vint me chercher dans l'après-midi du vendredi. Papa n'était pas encore revenu du bureau et Adèle visitait des voisins. Seule Caroline fut témoin de mon départ, Jésula s'étant déplacée pour ses courses.

Ma cousine semblait désolée :

« Reviens vite, d'accord ? »

Je souris. Quel drame pour une absence de deux nuits!

Alors que l'autobus de la Congrégation s'éloignait, je fis un grand signe d'adieu à Caroline, et me tournai vers Soeur Maria avec curiosité. Elle venait sans doute d'entamer la cinquantaine. Le visage arrondi, plutôt sympathique, elle dégageait une intense sensation de sérénité. Elle me sourit avec affabilité.

« Je suis contente de faire ta connaissance, Mikaëlle. Ta maman nous parle souvent de toi. C'est une femme très généreuse dont j'apprécie la disponibilité. Je suis presque certaine que tu lui ressembles. »

Je ne savais quoi répondre. Heureusement, Soeur Maria continua :

« La route est très fatigante à cette heure. Aux passages sinueux et difficiles, il faut ajouter les embouteillages, les écarts de conduite des chauffeurs maladroits… Enfin ! Si tu as sommeil, n'hésite pas à t'allonger sur le banc arrière. Repose toi. Notre journée sera bien remplie demain. »

Sa voix était douce et chaude. Je lui devinais un coeur d'or. La perspective d'un séjour en sa compagnie me réconfortait déjà. Allais-je répondre à son attente ? Je ne savais pas exactement en quoi consistait la participation à une retraite. Les retraitants passaient-ils la journée entière à prier ? Au cours de la semaine, Jésula, soucieuse, m'avait fait apprendre le Notre Père et m'avait lu quelques passages de la Bible. J'espérais ne pas me sentir trop déboussolée.

La fatigue aidant, je m'assoupis après quelque temps, me retrouvant entre le sommeil et le réveil. Ce fut bientôt le soir. Je m'étirai discrètement… m'appuyai ensuite contre la fenêtre et regardai longtemps défiler le paysage. Jamais auparavant je n'avais emprunté la Nationale numéro un à la tombée de la nuit. Dans l'obscurité, les montagnes prenaient des formes menaçantes et les gens se confondaient aux arbres… La voix du chauffeur s'éleva tout à coup, métallique :

« Mè Maria, gen yon nèg sou rout la k'ap mande nou woulib. M'ap rete pou il, wi… »

Je sentis mon coeur se serrer. Etait-il devenu fou ? Accepter en pleine nuit un inconnu en auto-stop ? Je voulus protester et lui faire entendre raison, mais les mots ne sortaient pas. Ils semblaient bloqués dans ma gorge. Soeur Maria non plus n'avait pas réagi… L'autobus s'arrêta néanmoins… Un homme fort, de grande taille, ouvrit la portière. Au même instant, un vent lourd et glacé, sifflant lugubrement aux alentours, me frappa. Je frémis. L'homme vêtu d'une longue redingote noire, portait un énorme chapeau tout aussi noir, sous lequel disparaissait son visage. L'individu s'approcha. Soeur Maria s'obstinait à se taire. Tournée vers la fenêtre, elle me donnait dos.

L'inconnu une fois installé, une horrible puanteur s'imposa à l'intérieur du bus… Je suffoquais. Cette même odeur humée au parc lundi dernier ! Coïncidence ? Je frissonnai. L'homme demeurait immobile. Soudain, il brandit sous mes yeux un objet métallique. Etait-ce une arme à feu ? Avait-il l'intention de m'agresser ? Je poussai un petit cri, prête à m'évanouir. Ce n'était pas une arme, mais plutôt une croix en fer. Sur cette croix, reposait un Christ bizarre, dépourvu des membres supérieurs et inférieurs. Je pâlis. L'étranger, à quelques centimètres de moi, me tendait impérativement la main :

« Viens, viens, viens. N'attends plus… »

Le son de cette voix me glaça. Soeur Maria s'était-elle endormie ? Affolée, je la secouai de toutes mes forces… Bientôt, je réalisai que mes mains étaient couvertes de sang. Je hurlai… et me réveillai en sursaut, le visage en sueur.

Le véhicule roulait tranquillement. La lune, pareille à une figue banane que l'on aurait saupoudrée de farine, souriait timidement dans le ciel scintillant de mille feux. Je jetai un regard inquiet à Soeur Maria. Elle dormait du sommeil du juste. Je l'entendais ronfler par intermittence. Les mains encore tremblantes, je respirai profondément, afin de me calmer. Manno, le chauffeur, fredonnait un air de carnaval. Sa voix était claire. Rien à voir avec celle métallique de mon cauchemar. Mes paupières s'alourdissaient. Je préférai lutter contre la fatigue, craignant la réapparition de l'affreux bonhomme à l'habit noir.

Maman était née à Saint-Marc. Mamie également. Des problèmes de santé avaient contraint récemment cette dernière à emménager à Port-au-Prince. Quant à mon père, j'ignorais tout de ses origines. Il ne parlait jamais de ses parents. A entendre Maman, de graves malentendus avaient mis dos à dos sa famille et lui. Aussi, évitais-je de lui poser des questions embarrassantes. En dépit du divorce, Papa était resté très attaché à Mamie et la visitait régulièrement, parfois en compagnie d'Adèle.

La ville de Saint-Marc offrait aux visiteurs un charme particulier. Un petit quelque chose, difficile à décrire, donnait aux maisons une teinte originale et accueillante. Toutes disposées en file indienne, des deux côtés de la rue, elles n'étaient séparées que par un étroit corridor. Elles se prolongeaient immanquablement à l'avant d'une galerie rustique bornée d'un singulier petit portail de bois. J'avais baptisé Saint-Marc *la ville des bicyclettes*. Des vélos, de toutes dimensions et de différentes couleurs, défilaient en grand nombre et partout, du matin au soir. Les enfants s'amusaient dans les rues, alors que poules, coqs, chiens et chats semblaient participer aux divertissements des Saint-Marcois.

Je fus un peu déçue d'arriver en pleine nuit, ratant ainsi le spectacle des étalages de mangos fransik et de melons d'eau à l'entrée de la ville, la performance des joueurs d'harmonica et de guitare, vivant de leurs instruments… Le soir était calme.

Au seuil de la bâtisse principale du Foyer de la Sainte Vierge, je me sentis soudain profondément sereine. Une gigantesque statue de Marie ouvrait grand les bras aux visiteurs, et le petit Jésus, aux pieds de la Madone, souriait. Au loin, dans la chapelle, les religieuses psalmodiaient en chœur. La mélodie qui enveloppait l'atmosphère me fit vibrer.

Une ombre se détacha de l'obscurité et avança vers moi. Je ne pouvais me tromper : c'était Maman ! Je fis quelques pas en avant et nous tombâmes dans les bras l'une de l'autre. Je me serrai fortement contre elle, envahie d'une émotion intense. Des larmes perlaient aux coins de mes yeux.

« Oh ! ma chérie…, murmura-t-elle. Te voilà donc enfin ! »

Les mots me manquèrent. J'avais un nœud très serré au fond de la gorge. J'aurais aimé rester lovée contre ma mère, ne jamais repartir, demeurer avec elle pour toujours.

« Ne vous attardez pas trop, nous dit Sœur Maria d'une voix émue. La première conférence, c'est pour bientôt. »

Je me blottis un peu plus dans les bras de Maman, comme craignant de lui être arrachée. Puis, bras dessus, bras dessous, nous gagnâmes le pavillon principal. Un homme frêle, vêtu d'un chemisier blanc, nous accueillit d'un air austère. Installée à ses côtés, une jeune religieuse écrivait sur un bloc-notes. Relevant la tête, elle sourit et nous tendit une clé dorée portant le numéro huit, celui de notre chambre.

Maman et moi avions à peine eu le temps d'échanger quelques paroles et de ranger la petite chambre qu'une sonnerie stridente nous réclamait à la salle de conférence. Le père Siméon, un excellent prédicateur, devait ouvrir la séance. Quand nous arrivâmes au rez-de-chaussée, une cinquantaine de personnes avaient déjà pris place dans la salle. Père Siméon se porta sur l'estrade. Silence total. Les yeux du prêtre parcoururent l'assemblée. Les cloches de la chapelle sonnèrent huit coups… Alors, le visage à la fois grave et serein du conférencier s'anima. La parole prit chair. Dieu se servit de lui pour toucher l'auditoire :

« Frères et soeurs bien aimés, Dieu a tellement aimé le monde qu'il lui a donné son Fils unique... Tournez vos regards. Que voyez-vous au fond de la salle ? Un crucifix très particulier. L'image du Christ est bien différente de celle que vous avez l'habitude d'admirer. J'ai cru d'abord que l'auteur de cette oeuvre n'avait aucun talent. Il a façonné un Christ difforme, dépourvu des deux bras et des deux jambes. Mais ensuite, j'ai applaudi cet artiste ! Comprenez-vous le message ? Le Christ veut partir avec vous à la reconstruction du monde. C'est pourquoi il importe que vous deveniez ses membres. Il ne peut avancer sans vous… Ainsi, Dieu requiert votre participation, votre aide, car Il vous aime. »

Le souvenir de l'homme de mon rêve surgit alors dans mes pensées. Je me rappelai la croix qu'il tenait en main et le sang qui giclait dans l'autobus. J'eus soudain une étrange sensation d'étouffement. De grosses gouttes de sueur déferlaient sur mes joues, et ma tête pouvait se comparer à un énorme ballon sur le point d'éclater.

« Qu'y a-t-il ? s'inquiéta Maman. Aurais-tu un malaise ? »

Comme je ne répondais pas, elle me soutint par l'épaule et sortit en catastrophe avec moi.

« J'ai mal, Maman. J'ai mal ! Maman, j'ai mal… »

Ma voix était à peine audible. J'avais mal partout et une forte fièvre. Je tremblais de froid et ressentais de terribles brûlures aux pieds et à l'estomac.

Le médecin, appelé en urgence, avait pâli devant la gravité du cas. L'injection qu'il prescrivit ne me fut d'aucun secours. J'avais l'impression de partir pour un autre monde.

« Ferme la fenêtre, Maman.

– C'est déjà fait, ma chérie. Soeur Maria t'a apporté trois couvertures de laine. Essaie de dormir, et tout ira mieux.

– Mon estomac est en feu. Je voudrais un peu d'eau… »

Ma respiration devenait de plus en plus difficile. La voix de ma mère et celle du docteur me parvenaient de très loin. Bientôt, je n'eus plus conscience de rien.

Lorsque je revins à moi, je me trouvais inconfortablement allongée sur un autre lit. J'émis un petit gémissement, essayant d'enchaîner les derniers événements. Tout me revint, jusqu'à l'évanouissement. Que m'était-il donc arrivé ?

J'eus du mal à écarter les paupières. La lumière du jour m'arracha une plainte.

« Mikaëlle, tu es réveillée ? »

C'était la voix de Caroline. Ouvrant à demi les yeux, je portai un regard brumeux sur le visage de ma cousine. J'étais dans ma chambre, à Port-au-Prince. Je me dressai tant bien que mal sur mon séant.

« Qu'est-ce que je fais là ? demandai-je faiblement. »

Caroline avait sauté sur ses jambes.

« Mikaëlle, tu es enfin réveillée ! Dieu merci ! Je me faisais un sang d'encre à ton sujet, craignant que le coma ne se prolongeât indéfiniment… Cela fait déjà cinq jours que tu as été transportée ici. Comment te sens-tu ? »

Cinq jours ? J'étais restée près d'une semaine dans l'inconscience ! Je m'étirai. A part une légère fatigue et de nombreuses courbatures, je me sentais bien.

« Quel jour sommes-nous ?

– Jeudi 19.

– Qu'a dit le docteur ?

– Rien.

– Comment ça, rien ?

– Les médecins de Saint-Marc ne comprenaient rien aux symptômes que tu présentais. Tu fus conduite d'urgence à la capitale. Mais le corps médical d'ici ne se montra guère plus efficace. Le docteur Clarens conseilla de te transporter dans la maison familiale. Et voilà… Ta maman est chez grand-mère, sous calmant. Ton coma étant inexplicable, elle se faisait du souci.

– Je voudrais que tu lui téléphone de ma part. Vite ! Tu veux bien ?

– Certainement. Par ailleurs, ta correspondante française a téléphoné hier, demandant si tu avais reçu sa dernière lettre… »

Laurence avait téléphoné ? Quelle surprise ! Je pensai à l'autre enveloppe qui m'avait été remise en même temps que celle adressée par Maman. Dans ma joie, j'avais totalement oublié d'ouvrir le pli en provenance de La Loupe.

Ma cousine continuait :

« Laurence confirmait son arrivée prochaine en Haïti. En apprenant que tu étais malade, elle a regretté de ne pouvoir reculer son voyage et te souhaite un prompt rétablissement… Elle accompagne son père en République dominicaine et profite de l'occasion pour faire un saut en Haïti… Serais-tu prête à la recevoir ? »

Je comparai ma cousine à un moulin à paroles.

« Autre chose. Je n'ai pu joindre aucune de tes camarades pour avoir un compte-rendu des derniers cours en Rhéto. Impossible de mettre la main sur Jenny Samuel. Tu as donc du boulot en perspective. Que vas-tu faire ? Travailler avec un prof ? Bref ! Pour faire du coq à l'âne, voudrais-tu continuer la lecture de mon livre dès que tu seras en forme ? »

Je hochai la tête en signe d'assentiment. Caroline allait ajouter quelque chose. Je l'interrompis :

« Appelle le docteur. Qu'il vienne me débarrasser de ce sérum ! D'accord ? Je meurs de faim. Va vite demander à Jésula de m'apporter à manger. Ensuite, téléphone à Maman. Dis-lui qu'elle me manque. J'ai envie de la voir…»

Caroline objecta :

« Je crains que ta maman ne puisse venir ici…

– Pourquoi donc ? »

Ma cousine semblait hésitante. Je m'impatientai :

« Que se passe-t-il ? Réponds-moi !

– Adèle… »

Je bondis :

« Comment ça, Adèle ? »

Caroline se jeta à l'eau :

« En apprenant la présence de ta mère à Port-au-Prince, Adèle était dans tous ses états… Elle refuse de rencontrer l'ex-femme de son mari. Et ton père croit qu'il vaudrait mieux ne pas la contrarier…»

Je serrai les poings, prête à éclater. Ma cousine jugea qu'il vaudrait mieux me laisser seule. En effet, je bouillonnais de colère. Attrapant le premier objet à ma portée, je le lançai d'un geste rageur à travers la pièce. L'objet rebondit et s'étala sur le parquet. Je reconnus la petite Bible bleue de Jésula.

CHAPITRE CINQ

Le lendemain, il pleuvinait sur la ville et mon coeur était triste. Les murs de la chambre semblaient grimacer. L'atmosphère familiale, les arbres du jardin… tout me paraissait hostile. En proie à de terribles frustrations, je me sentais mal dans ma peau. Une semaine d'absence à l'école, une longue semaine… et Frédérique ne s'était pas manifestée… Indifférence totale… Elle qui, dans un passé récent, critiquait sévèrement les fréquentations de Jenny Samuel, se pavanait aujourd'hui en sa compagnie… Elle me décevait. J'avais toujours été là pour elle, la supportant dans le malheur, partageant ses joies, acceptant ses défauts sans jamais la juger. Comment interpréter cette volte-face si ce n'était pas l'ingratitude ?

Je chassai Frédérique de mes pensées, fermement résolue à la rayer définitivement de mon existence… Quant à Adèle, je passai sous son nez sans lui adresser la parole. La veille au soir, jouant son jeu hypocrite, elle avait eu le toupet de se présenter dans ma chambre pour s'enquérir de mes nouvelles. Je n'avais pas mâché les mots pour lui faire comprendre mon hostilité, et qu'il était inutile d'essayer de m'amadouer. Elle s'était retirée en me toisant de la tête aux pieds.

En traversant le boudoir, je saluai vaguement mon père… Une fois dehors, je hélai un taxi qui me conduisit à l'aéroport international Maïs Gâté… Laurence arrivait ce matin. Je me sentais un peu nerveuse à l'idée de la rencontrer. Quatre ans déjà… Une fructueuse correspondance nous avait appris à nous connaître et à nous apprécier. Allait-elle aimer ma chère Haïti, si déchirée dans ces moments de crise ?

Devant l'aéroport, un véritable charivari… J'en ressentis un violent mal de tête. Quel pays ! En dépit des interdits et de la vigilance de deux policiers, hommes et femmes en nombre imposant, se bousculaient derrière le grillage, tentant de prendre d'assaut les couloirs de l'immeuble. Un autre spectacle, caractéristique de nos misères, s'imposait à la vue. De jeunes garçons, modestement vêtus, harcelaient tout un chacun, espérant réaliser de quoi s'acheter un chen janbe. D'autres, plus hardis, se montraient très exigeants, et réclamaient sans sourciller des billets verts, des dollars américains.

Tant bien que mal, je me mêlai à la foule, tentant de repérer Laurence au milieu des voyageurs qui contrôlaient leurs bagages. J'espérais l'identifier du premier coup, à la faveur des nombreuses photographies reçues.

Bientôt, j'aperçus une jeune fille rousse, un peu rondelette. Ses cheveux disparaissant sous un imperméable fluorescent, elle avait l'air perdu et semblait attendre quelqu'un. Pas de doute. C'était Laurence.

« Laurence ! criai-je, lui faisant de grands gestes derrière la grille. »

Elle me reconnut immédiatement et son visage se détendit.

« Salut ! fit-elle, une fois à ma portée. »

Elle me souriait. Deux fossettes lui creusaient les joues et la rendaient non seulement jolie mais extraordinairement sympathique.

« Dis donc, Mikaëlle, me glissa-t-elle comiquement, on se connaît depuis trop longtemps pour jouer aux timides… On s'embrasse ! »

Elle appuya ses paroles d'une mimique qui me fit éclater de rire. Quelques minutes plus tard, nous embarquâmes les malles dans un taxi.

« Ta venue tombe bien, lançai-je à Laurence, une fois dans la voiture. J'ai une semaine de vacances. Tu auras la chance de visiter quelques sites et d'apprécier le carnaval haïtien.

– Super ! s'exclama-t-elle. Nous allons faire une descente spectaculaire dans toutes les boîtes de Port-au-Prince ! »

Je ne voulus pas refroidir son enthousiasme. Je doutais que mon père acceptât que je ne me transforme en ratbal. Tout à coup, comme dans un éclair, je me rendis compte que nous étions le 20 février. J'avais failli oublier. Aujourd'hui, c'était la réouverture du Safari Club ! J'en parlai à Laurence.

« Super ! Quelle veine ! Il paraît que les Haïtiens sont super beaux. Je sens que je vais passer une semaine du tonnerre ! »

J'étais agréablement surprise de la voir si emballée des hommes de chez nous. La réalité dépassait mes expériences : « Miss Super » était formidable. Ses cheveux frisés abondaient, ses yeux étaient rieurs et taquins, son sourire éclatant. Sa voix avait quelque chose de musical et de limpide. Alerte et vive, elle accompagnait ses paroles de gestes significatifs et écarquillait les yeux pour partir d'un grand éclat de rire.

Tout en me faisant la conversation, Laurence promenait son regard sur les rues de la capitale. J'eus honte au fond de moi-même d'avoir à lui offrir un tableau aussi minable : trottoirs jonchés d'immondices dégageant la puanteur, murs disparaissant sous des graffitis insolites et maladroits… C'était une succession extraordinaire de *Vote untel*, *Aba untel*, *Untel se gwo volè*, *Allez-vous en meriken*. De jeunes garçons, au visage affamé et souffreteux, cachaient difficilement leur nudité sous des hardes délavées, déchirées et infectes. Armés d'une marmite d'eau sale et d'un chiffon, ils agressaient d'autorité les vitres des voitures pour un « nettoyage » expéditif tandis que les chauffeurs ahuris se voyaient réclamer peu après, le prix d'un service qu'ils n'avaient point sollicité.

Mouches et autres bestioles répugnantes voltigeaient de bacs de griyos en bacs de bananes pesées et de patates frites. Les marchandes de fritay, bien en chair, brandissaient d'énormes couteaux de propreté douteuse, essayant de décourager la voracité légendaire des « sa je pa wè, kè pa tounen ». Les mornes avoisinants, semblables aux ébauches d'un maquettiste médiocre, croulaient sous l'assaut anarchique des constructions rudimentaires qui avaient depuis longtemps assassiné les arbres protecteurs… Ceux-ci pleuraient de désolation, sans aucun recours contre la furie des déments…

Les bank bòlet, à chaque pas, manifestaient la déchéance d'un peuple arborant en guise d'outil de développement, la magie du rêve, le culte du merveilleux… Les acheteurs se pressaient au guichet de Manman Marie Bank, Eternel Bank, Chez Toto Bank, Etoile Bank, et bien d'autres, gênant ainsi la circulation… Les chauffards juraient, les avertisseurs rugissaient. Dans ce brouhaha infernal, il me revint la réflexion d'un sage : « Le monde est un miroir qui réfléchit ce que nous sommes… »

Les masses populaires étaient-elles condamnées à vivre éternellement dans la crasse ? Je fermai les yeux, craignant de ne pouvoir répondre à l'interrogation silencieuse de la jeune Française.

Après bon nombre de péripéties, embouteillages sur embouteillages, nous parvînmes à la rue Paul II. Les bonnes manières, la gentillesse de Laurence enchantèrent la maisonnée. Adèle, pour une fois, garda le silence, ne trouvant absolument rien à redire. Papa se révéla en la circonstance l'hôte par excellence, s'informant si la chambre d'amis avait été nettoyée et rafraîchie. Mais l'invitée, redoutant l'isolement dans un milieu qu'elle découvrait à peine, insista pour partager ma chambre.

Caroline apporta du jus de korosol et m'annonça que Maman attendait dehors. Je me précipitai à la barrière. Parfaitement au courant des sentiments qu'Adèle nourrissait à son égard, Maman n'avait pas franchi la clôture.

« Chérie, me dit-elle après m'avoir affectueusement embrassée, quelle joie de te revoir en excellente forme ! Je dois regagner Saint-Marc aujourd'hui même. J'ai trouvé une maison à meilleur marché que celle que j'occupais jusqu'à maintenant. Je dois aller régler quelques détails concernant le déménagement. Prends bien soin de toi. Je reviendrai sous peu. »

Papa, appuyé contre la voiture qui avait conduit Maman, fumait une cigarette. Il gardait les yeux à demi ouverts. A une question de ma mère, s'inquiétant du risque éventuel des sorties intempestives, Papa opina :

« Ta maman a raison, Mikaëlle. Ton cas rend perplexe le docteur Clarens. Il faut éviter une rechute. Pas de sorties pour ces vacances ! »

Je faillis étouffer.

« Comment ça ? protestai-je.

– Tu m'as parfaitement compris. Tu restes à la maison. D'ailleurs, ce sera une bonne occasion pour toi de faire ample connaissance avec Laurence.

– Mais je reçois une invitée qui ne rêve que d'excursions et de découvertes ! D'ailleurs, nous comptons nous rendre ce soir au…

– Non ! coupa Maman. Avec la montée de l'insécurité, il serait imprudent d'exposer ton amie… Konprann kò w', tande pitit ! »

Comment Maman pouvait-elle me faire une chose pareille ? Me sentant comme trahie, je lui lançai un regard qui se fit insolent malgré moi.

« Tu penses sans doute m'empêcher de sortir de Saint-Marc étant ? »

Ma mère sursauta. Je fus moi-même surprise d'avoir lâché cette phrase impertinente. Mon père s'approcha de moi, le visage menaçant. Je rentrai en courant, bouleversée. Un peu pâle, je rejoignis Laurence dans la chambre.

« J'ai comme l'impression que nous ne sortirons pas ce soir… »

Le visage de la Française s'assombrit.

« Tu plaisantes… Que se passe-t-il ? Et notre bal masqué ? »

Je ne répondis pas tout de suite. Une idée géniale venait de germer dans mon esprit. Une idée qui ne me serait jamais venue auparavant, une idée qui était plutôt de la trempe de Frédérique. Il faut dire que je commençais à changer du tout au tout. Je ne me reconnaissais plus depuis ma récente maladie… Une nouvelle Mikaëlle avait pris naissance…

« Enfin, oui. Nous nous rendons au Safari Club ce soir, mais personne ne doit être au courant de la chose.

– Explique-toi, me pressa Laurence, tout en rangeant ses affaires dans l'armoire.

– Mes parents, prétextant ma convalescence, sont formels : pas de sortie… Or, je me porte comme un charme… Serais-tu prête à faire une escapade nocturne ? »

Contrairement à mes prévisions, Laurence accueillit l'idée avec bonne humeur.

« Super ! Décidément, ce séjour s'annonce exceptionnel ! »

Je mettrais Jenny Samuel dans la combine, lui demandant de passer nous prendre discrètement ce soir, vers les onze heures. Papa et Adèle seraient sûrement endormis à cette heure-là. J'étais presque certaine que Jenny serait d'accord. En effet, lorsque je lui téléphonai, la jeune fille, qui mourrait d'envie d'être présentée à ma correspondante, accepta la proposition sans grande difficulté.

Une fois cette démarche accomplie, Laurence se montra très excitée à l'idée de notre sortie « illégale ». L'interdit avait des attraits d'autant plus grands que la soirée s'annonçait *super*, pour reprendre l'expression favorite de ma correspondante. Elle choisit son déguisement et passa l'après-midi à lancer des regards impatients à la pendule du couloir... Pour endormir les soupçons, je me rendis au bureau de mon père et, hypocritement, lui présentai des excuses.

« Tu as raison, Papa, dis-je d'un air angélique. Je suis encore fragile et je ne dois pas risquer la sécurité de Laurence. Nous restons à la maison ce soir. »

Papa sourit, satisfait. S'il pouvait s'entendre avec Adèle, c'était donc qu'il se complaisait dans l'hypocrisie. J'allais désormais me mettre à l'école de ma belle-mère.

Dix heures et demie. La maison était endormie. Laurence mettait une dernière touche à son maquillage, tandis que j'achevais d'agrafer ma cape de soie noire. J'essayais de retenir les deux pans à l'aide d'une broche dorée en forme de F majuscule. J'avais revêtu un amusant costume de Fantômette, justicière créée par l'écrivain Georges Chaulet : justaucorps jaune, collants noirs, chaussons rouges, bonnet à pompon et loup noir. Quant à Laurence, déguisée en une sympathique sorcière, une baguette magique l'attendait au pied du lit.

Quelques minutes plus tard, travesties à souhait, nous avions un mal fou à contenir nos éclats de rire. Je fis signe à Laurence de me suivre au rez-de-chaussée. Sur la pointe des pieds, nous descendîmes lentement l'escalier. Ti Plume, qui dormait sous la dernière marche, écarta les paupières et s'étira. Dans la pénombre, ses pupilles étaient pareilles à des larmes de feu. Je retins mon souffle. Allait-il trahir notre présence ? Le chien grogna doucement puis referma les yeux. Ouf ! J'avais eu chaud !

D'une main tremblante, je m'emparai du trousseau de clés suspendu près de la rampe. Bientôt, Laurence et moi gagnions la cour de la propriété. Je n'eus pas trop de peine à ouvrir le cadenas de la barrière. Je n'arrivais pas à y croire ! Nous avions réussi à quitter la maison sans difficultés.

La rue était déserte. Dans le ciel grisâtre, pas une étoile. Les émanations vespérales me chatouillaient les narines.

« Qu'est-ce que c'est ? demanda soudain Laurence. »

Un roulement de tambour, au loin, brisait la quiétude de l'heure. Je haussai les épaules.

« Rien d'inquiétant. Un rituel populaire. »

Qui, en Haïti, ne s'était déjà endormi au son du tambour des cérémonies nocturnes ? Laurence ne semblait pas très rassurée. Jetant un coup d'oeil au cadran lumineux de sa montre, elle chuchota :

« Onze heures moins dix… »

Jenny arriva à onze heures précises, déguisée en cow-boy, et Frédérique pompeusement installée à ses côtés. J'en fus exaspérée mais gardai mon calme. J'agis avec mon ancienne amie comme je l'aurais fait avec une inconnue. Je fis rapidement les présentations. Laurence était rouge de surexcitation.

« Dites donc, les filles, lança Jenny, une entreprise très dangereuse, la vôtre. Je n'y croyais pas vraiment quand Mikaëlle m'a appelée. Avez-vous réussi à sortir sans encombres ? Quelle aventure ! »

Je hochai la tête. La présence de Frédérique me rendait nerveuse. Je ne la supportais plus. J'en étais arrivée à la détester. Le reste du voyage vers Pétion-Ville se passa en silence.

Le Safari Club était une fort ancienne construction datant du début de ce siècle, et qui avait été rénovée depuis peu. A l'occasion du bal masqué, toutes les tables du restaurant avaient été placées en plein air, dans l'immense cour du bâtiment. Une grande plate-forme, surmontée d'une tonnelle, faisait office de piste de danse. A l'arrière de la bâtisse, deux escaliers parallèles donnaient accès à cette ambiance de fête. Je croisai les doigts : pourvu que la pluie ne se mette pas de la partie !

L'animateur de la soirée, DJ Bongo, était très populaire parmi les jeunes. Les raps, les reggaes, les technos, les méringues carnavalesques, se succédaient à un rythme frénétique. Laurence se mêla rapidement aux danseurs, me plantant là. Je pris le parti de m'offrir un verre de coca-cola.

Une cinquantaine de personnes, en quête de rafraîchissements, se bousculaient au bar. J'eus du mal à obtenir ma boisson gazeuse. Je m'apprêtais à descendre l'un des escaliers quand quelqu'un me barra le passage. Levant les yeux, je rencontrai le regard amusé d'un Zorro. Intriguée, je fis un pas de côté pour le laisser passer. Il fit de même en face de moi. Je réfléchis un moment à l'attitude à adopter, puis j'optai pour un éblouissant sourire qui restait tout de même un peu embarrassé. Le jeune homme répondit par une large révérence et éclata de rire. J'identifiai alors le personnage. Je lui tendis la main.

« Bonsoir, Ralph. Comment vas-tu ? »

Il souleva légèrement son loup et, charmeur, porta ma main à ses lèvres. Je sentis mon coeur chavirer. L'intensité de son regard, l'éclat de son sourire, la chaleur de sa voix… Il était irrésistible et le savait ! Il semblait prendre un malin plaisir à me rendre folle de lui. Ses gestes étaient affectueux, ses paroles délicates.

« Si nous allions nous asseoir quelque part ? suggérai-je.

– Bonne idée. J'ai remarqué une table où la musique ne nous gênera pas trop. »

Nous nous dirigeâmes au fond de la cour, sous les amandiers. Je ne m'inquiétais pas trop pour Laurence. Elle s'amusait follement sur la piste de danse, au milieu d'un petit groupe d'admirateurs. En me déplaçant, je l'avais remarquée.

« Comment trouves-tu la soirée ? s'informa Ralph.

– Je viens tout juste d'arriver, mais je pense que je vais beaucoup m'amuser. »

Je me sentais soudain très gauche dans mon déguisement, et des mèches de cheveux rebelles semblaient absolument vouloir me barrer la vue. Ralph souriait à chaque fois que je les repoussais d'un geste machinal. Finalement, l'atmosphère se détendit. Mon compagnon me fit remarquer que tous les deux nous avions choisi un costume de justicier.

« Sais-tu dessiner ? demandai-je à brûle-pourpoint. »

Il sembla amusé de la question, se demandant probablement où j'allais chercher mes sujets de conversation.

« Plus ou moins. Pourquoi ?

– Ma cousine écrit un livre qu'elle voudrait illustrer. Pourrais-tu l'aider ? »

Ralph s'approcha un peu plus de moi. Il me regardait droit dans les yeux. Incapable de soutenir son regard, je considérai le bout de mes chaussons.

« Mais c'est très intéressant, ça, dit le garçon. Comment s'appelle l'histoire ?

– Un titre plutôt mirobolant : *Le règne du Diable… Qui aura le dessus ?*

– Hum ! fit Ralph. Genre horreur ?

– D'une certaine façon, oui. »

Il eut l'air de réfléchir.

Bon Dieu, faites qu'il accepte ! suppliai-je en mon for intérieur.

J'étais prête à imaginer n'importe quoi pour revoir Ralph. J'espérais néanmoins qu'il ne se rendrait pas compte du stratagème.

« Il faudrait que j'aie un aperçu du livre, dit-il enfin. »

Je dus me retenir pour ne pas trahir mon trop plein d'enthousiasme.

Il poursuivit :

« Je téléphonerai pour te dire quand je viendrai chez toi. J'ai bien envie de faire la connaissance de ta fameuse cousine. Les originaux m'ont toujours intrigué. »

J'éprouvai un pincement au coeur. J'étais jalouse… Je n'avais soudain plus du tout envie que Ralph vienne à la maison. Je les imaginais déjà, Caroline et lui, tombant éperdument amoureux l'un de l'autre... Je fronçai les sourcils. Heureusement, il ne s'aperçut de rien.

« Tu veux danser ? me proposa-t-il. »

Karamel, une musique antillaise, venait de commencer.

« Oui, bien sûr. »

Main dans la main, nous gagnâmes la tonnelle…

CHAPITRE SIX

La pluie gâcha la soirée. Aux environs d'une heure du matin, on dut se réfugier dans la grande salle du club. La plupart des bambocheurs vidèrent les lieux. Laurence qui m'avait rejointe un moment était repartie à la recherche de Jenny et de Frédérique.

« Je peux te ramener si tu veux, suggéra Ralph. »

Je mourrais d'envie d'accepter sa proposition. Mais comment lui expliquer la situation sans baisser dans son estime ?

Soudain, un énorme rire, des plus vulgaires, fusa du fond de la salle. Je me retournai, curieuse de découvrir l'identité de celle qui avait choisi cet instrument d'expression très peu musical. Je restai bouche bée. Jenny, qui semblait avoir abusé de l'alcool, encourageait à grand bruit Frédérique. Celle-ci, juchée sur une table, se déhanchait sous les regards effarés ou amusés des teen-agers. Agitant dans la main droite une bouteille de rhum vide et dans l'autre une de ses sandales, la jeune fille était complètement ivre !

Je fus prise d'un rire inextinguible. Ralph ne disait rien. Donnant dos à la scène, il alluma une cigarette, me regardant me tordre de rire. Mon hilarité s'accentua lorsque Frédérique, d'une voix langoureuse, se lança dans une entreprise difficile. Elle débitait des vers, et s'il vous plaît, des vers improvisés…

« Les poissons dansent : clapotis des eaux…
C'est la fête : cliquetis des verres…
Coloris des tableaux…
Gris, vert, bleu, jaune clair… »

Un tonnerre d'applaudissements… Frédérique s'enhardit :

« Les oiseaux qui s'enfuient…
Le soleil se fait tout petit…
Les nuages qui s'amoncellent
Et veloutent le ciel…
M'amènent à penser à toi.
Je m'assieds, je me croise les bras… »

Les larmes aux yeux, la main devant la bouche, je riais, je riais. Tous les costumes me paraissaient soudain extraordinairement cocasses. Des sifflements retentissaient de part et d'autre. On rigolait aux dépens de celle qui fut mon amie.

Laurence, trouvant la situation intolérable, força Frédérique à descendre de son trône. Ralph semblait ennuyé. Peut-être fâché ? Je me rendis compte que j'étais la seule de nous trois à avoir joui de ce spectacle lamentable.

Je fus un peu effrayée des sentiments que je nourrissais. J'étais contente du ridicule de Frédérique devant tout ce beau monde. J'en éprouvais une profonde satisfaction ! Mais que m'avait-elle donc fait ?

« Décidément, je vous ramène, sanctionna Ralph. »

Une étrange lueur brillait dans ses yeux. Cette fois-ci, impossible de dire non. S'il fallait compter sur Jenny, nous serions encore là demain matin. Un jeune homme, en qui je reconnus Charles, le cousin de Frédérique, se chargea de sa parente et de Jenny. Ralph voulut venir à leur aide, mais Charles lui fit comprendre qu'il prenait la situation en main. Les voitures démarrèrent en même temps ; les deux garçons avaient décidé de suivre le même itinéraire, dans un premier temps du moins…

Un épais brouillard emprisonnait la ville. Il avait grêlé. L'orage grondait sourdement, comme pour nous inviter à la prudence. Je me sentais bien. Le mauvais temps me fascinait. Les éclairs me rappelaient la méchanceté des hommes, la furie des vents symbolisait la résistance aux vicissitudes. Quant à la pluie, elle avait le privilège de laver nos blessures… Fermant les yeux, je me plus à humer l'odeur singulière de la terre mouillée… Je me souvins d'une remarque de Caroline : « Mikaëlle, tu es l'enfant de l'orage et de la nuit. » A mon interrogation, elle s'était refusée à éclaircir ses propos…

Ralph se révéla un excellent conducteur. La route du Canapé-Vert, glissante en temps ordinaire, l'était encore davantage en période pluvieuse. Le brouillard était de coton. On ne voyait presque rien à quelques centimètres devant soi. Ralph, sûr de lui et très calme, suivait attentivement les aléas du parcours. La voiture glissait lentement, sans heurts…

J'étais un peu nerveuse. Papa avait-il découvert le pot aux roses ? Je chassai cette idée.

Laurence s'était assoupie, méconnaissable sous son maquillage complètement défait. Ralph qui arborait un air méditatif eut tout à coup un petit rire.

« A quoi penses-tu ? demandai-je, intriguée.

– A Patricia… »

J'avais déjà entendu ce prénom.

« Il s'agit de ma copine, précisa Ralph en réponse à mon regard inquisiteur. »

Je dus faire un effort surhumain pour cacher mon trouble. Ainsi, c'était bien vrai. Patricia était la petite amie de Ralph. L'idée m'était réellement insupportable.

« Et qu'est-ce qui te fait rire ?

– Entre nous, d'accord ? »

Je hochai la tête en signe d'approbation.

« Figure-toi qu'elle est persuadée que j'ai un faible pour Frédérique… »

Je sursautai. Je m'expliquais maintenant l'expression étrange du garçon au Safari Club.

Ralph tourna les yeux vers moi.

« Entre nous, répéta-t-il… Elle n'a pas tout à fait tort ! »

C'en était trop. Frédérique ! Toujours Frédérique ! Partout Frédérique ! J'en avais ras le bol de cette Frédérique ! Pourquoi donc Ralph me torturait-il avec ses confidences ?

Indifférent à mes tourments, il poursuivait :

« J'aime beaucoup Patricia. Cependant, il y a en Frédérique quelque chose de très particulier, une sorte de magnétisme, vois-tu…»

Ralph semblait ressentir un grand besoin de se confier. Ses mains étaient crispées sur le volant, les miennes jouaient nerveusement avec un paquet de chewing-gum vide. J'avais le coeur gros et gardais les yeux fixés sur mes chaussons humides.

« Frédérique le sait-elle ? »

Il ne remarqua même pas le ton mourant de ma voix.

« J'en suis persuadé. Je crois même qu'elle me fuit… Je ne sais plus ce que je veux, Mikaëlle. Patricia est la femme de ma vie, je le sais. Mais Frédérique me bouleverse. Que ferais-tu à ma place ? »

J'aurais voulu me cacher sous terre et pleurer toutes les larmes de mon corps. Etait-il aveugle ? Etait-il idiot ? Je l'aimais follement !

« Tu as froid ? Mais tu trembles !

– Cela ira, murmurai-je. Ne t'inquiète pas… »

Il avait détourné son attention de l'autoroute. Soudain, quelque chose d'informe, projeté on ne sait d'où, se balança devant la voiture. Mes yeux s'agrandirent d'horreur.

« Ralph ! hurlai-je. Attention ! »

Un crissement de pneus... Un coup de frein sec... La RAV4 s'immobilisa.

« Tu ne l'as pas frappé ! assurai-je. »

J'en étais convaincue. Mon coeur, pourtant, battait à tout rompre. La brume était épaisse. Nous ne distinguions absolument rien. Laurence, qui s'était réveillée en sursaut, frottait son front meurtri et nous regardait avec ahurissement. Je tremblais... Ralph descendit précipitamment de la voiture. J'en fis de même... Les phares du véhicule éclairaient une forme inerte, gisant sur le pavé... Je fus prise d'un malaise. Nous avions percuté quelqu'un. Complètement affolés, Ralph et moi nous approchâmes de la victime, de notre victime. Le spectacle m'arracha un cri. Quelle horreur ! Un corps sanguinolent de femme, totalement défiguré. La poitrine était béante, le cou fortement entaillé, la langue pendante... Une terrible puanteur... Une odeur de charogne... pareille à celle humée récemment au parc... Elle m'adhérait à la peau...Je fus prise de nausée...

Nous n'avions renversé personne. Un seul coup d'oeil aux déchirures permettait de se rendre à l'évidence. Le cadavre se trouvait là bien avant notre arrivée. L'ombre entrevue ne saurait être celle de la victime... Je pensai aux photographies de Béatrice Camille apparues dans le Nouvelliste et aux réflexions de Caroline : « Je trouve qu'on attaque un peu trop ces jours-ci. » Je crus que j'allais m'évanouir...

« Allons-nous en, Ralph, suppliai-je. Je t'en prie. »

Le jeune homme et moi regagnâmes nos sièges en vitesse. L'auto fit marche arrière dans un crissement et repartit en trombe.

« Qu'est-ce que c'était ? »

Laurence pleurait. Elle avait tout vu.

« Ce n'est pas nous qui l'avons tuée, gémit-elle. Jamais nous ne serions arrivés à faire ÇA. »

J'éclatai en sanglots. Malgré le vent et le froid, Ralph transpirait.

« Calmez-vous, dit-il d'une voix qui se voulait rassurante. Chut ! Vous n'allez pas rentrer dans un état pareil ? Que penseront Monsieur et Madame Saint-Pierre ? »

Il cherchait les mots qu'il fallait mais ne les trouvait pas.

Nous arrivâmes bientôt à Bois-Patate. D'une voix enrouée, il me fallut expliquer à Ralph notre position vis-à-vis de l'interdiction des parents. Encore sous le choc, il ne répondit pas. Toutefois, il ralentit non loin de la maison. Laurence et moi, nous quittâmes la voiture sans un mot, pressées de nous retrouver à l'abri. Une fois au rez-de-chaussée, je donnai libre cours à mes émotions et les larmes coulèrent à flots. Laurence, fortement choquée, marchait à la manière d'une somnambule, les yeux vides, les lèvres entrouvertes...

Nous montâmes l'escalier dans un silence de mort. La lumière d'une bougie vacillait dans la chambre de Caroline. Des bribes de phrases nous parvenaient indistinctement. Je fus intriguée. Que faisait ma cousine à cette heure ? Etait-elle folle pour se parler ainsi, à haute voix ?

J'ouvris brusquement la porte. La flamme, happée par le courant d'air, s'éteignit. Dans la pénombre, je vis Caroline s'emparer de quelques objets et les enfouir rapidement dans un tiroir. J'allumai… La jeune fille était en chemise de nuit et une douzaine de chandelles noires traînaient sur le parquet.

« Qu'est-ce que tu faisais ? fis-je d'un ton rogue. »

Je lui arrachai une feuille de papier qu'elle tentait de protéger.

« Non ! se défendit-elle avec force. »

Rageusement, je dépliai le manuscrit et y lus avec perplexité :

Donnez-nous, Majesté, le pouvoir de vaincre les démons et d'affronter le mal. Que la progéniture de Satan disparaisse à jamais de notre monde ! Puissent l'air, la terre, l'eau et le feu nous communiquer leur force pour accomplir ce travail.

Des incantations ! Je froissai furieusement le papier et me tournai vers Caroline.

Ses yeux lançaient des éclairs.

« Comprends-tu ce que tu viens de faire ?

– Chut ! supplia Laurence, vous risquez d'alerter la maisonnée…

– Que fabriquais-tu ? demandai-je à ma cousine, baissant légèrement le ton. »

Caroline se laissa tomber lourdement sur le tapis, l'air alors très découragé :

« J'essayais de te protéger, Mikaëlle. Voudrais-tu avoir le même sort que cette jeune fille sur le pavé ? »

Je frémis malgré moi. Laurence recula d'un pas, les mains tremblantes. Elle se tourna vers moi, incrédule.

« Comment le sait-elle ? »

Je lui demandai de me laisser seule avec ma cousine. L'étrangère ne demandait pas mieux. Soulagée, elle gagna rapidement la chambre à coucher après avoir adressé à Caroline un regard chargé de crainte.

Je n'aimais pas ma cousine. Je réalisais au fil du temps que sa présence ici m'était insupportable. Elle maintenait la maisonnée sous sa férule. Aussitôt qu'elle ouvrait la bouche, la panique avait raison de nous tous. Je n'en pouvais plus. Qui était-elle réellement ? Je me rendis soudain compte que je ne savais presque rien d'elle.

Caroline vit-elle mes traits se durcir ? Prudente, elle détourna les yeux et se mit à arpenter nerveusement la pièce. Après un instant, elle rompit le silence.

« As-tu entendu parler de la Confrérie du Lendemain ? »

Je haussai les épaules. Ce nom ne me disait absolument rien, mais j'étais curieuse de savoir de quoi parlait Caroline.

« C'est un groupe organisé. Une sorte de secte, si tu veux… »

Caroline, à son âge, appartenant à une secte ? De mieux en mieux !

« Les Confrères ont eu une révélation : le fils du Diable est né… Cette révélation constitue l'essence de mon livre. Satan a donné naissance à un enfant mi-homme, mi-bête, dont la mission sera d'asservir le monde… »

A ce point du discours, ma cousine paraissait ne plus pouvoir tenir en place.

« A l'heure actuelle, les victimes du démon, des femmes généralement, se multiplient. LA BÊTE, après les avoir attaquées, les mutile... puis se nourrit de leur sang… »

Un long frisson me parcourut l'échine. Je repensais aux différents meurtres qui avaient marqué la population ces dernières semaines… et ce soir encore… Quel cauchemar !

Ma cousine s'assit sur le lit.

« Toutefois, selon les écrits retrouvés, rien n'est encore perdu. Il reste une dernière chance à l'humanité qui peut brouiller les cartes. Le Fils de Satan ignore encore son destin. On peut donc espérer arrêter le cours des événements… »

Des éclairs zigzaguèrent dans le ciel… Les sectes n'étaient-elles pas réputées dangereuses ? Caroline prétendait vouloir me protéger… Pourquoi moi ? Et de quoi ? J'étais haletante…

« Les membres de la Confrérie m'ont contactée le mois dernier… Approche un peu, Mikaëlle. »

Je m'installai à ses côtés. Elle me tendit une photo.

« Regarde cet homme, en rouge, au fond. C'est Ti Féfé, notre maître spirituel. Celui-là, au premier plan, en marron clair, c'est Wakim, un inspiré… A l'entendre, je serais peut-être la seule à même d'identifier et de combattre le mal qui s'étend… »

Caroline s'arrêta un instant et se croisa les bras sur la poitrine.

« De plus en plus, Wakim a la certitude que le fils du Diable a été conçu en Haïti. Comment le reconnaître ? Apparemment, c'est un homme ordinaire qui évolue paisiblement au milieu d'autres hommes. Il n'a même pas conscience des transformations qui s'opèrent en lui à des moments bien précis… »

J'écoutais religieusement la jeune fille. Tout à coup, elle dressa l'index au-dessus de la tête, fixant le vague et semblant y déchiffrer un message.

« En fait, il existe un moyen… Il est écrit que le fils de Satan abhorre les lieux sacrés comme les églises, les temples… »

Je baillai. Allait-elle se décider à se taire ? Comment pouvait-elle être aussi naïve ? On avait dû opérer en elle un véritable lavage de cerveau pour arriver à lui faire croire à toutes ces sornettes ! Avant même que j'eusse le temps de dire quoi que ce soit, Caroline se laissa tomber à genoux devant moi.

« Mikaëlle, tu es en danger ! La porte s'ouvre un peu plus chaque soir… Le danger est imminent. Je le sens… Mon Dieu, que puis-je faire ? »

Elle s'agrippait à mon justaucorps.

« Mikaëlle, tu m'entends ? La porte est poussée… Sous peu, elle s'ouvrira largement… »

Je fis un effort pour me dégager de son emprise. J'étais énervée.

« Quelle porte, Caroline ? Quelle porte ? »

A ce moment précis, une porte grinça… Craignant d'avoir alerté mon père, je restai immobile, le souffle coupé… On allait me surprendre en tenue de Fantômette…

Personne ne vint… Caroline me tenait encore fermement.

« La porte de mon rêve, Mikaëlle ! Et tu risques d'être brûlée vive ! »

N'en pouvant supporter davantage, je poussai Caroline de toutes mes forces. Elle trébucha et se cogna la tête à la table de chevet. Sous le choc, la lampe chavira et s'éteignit. Dans la demi-obscurité, les yeux de Caroline avaient une lueur inquiétante. Elle paraissait subitement une autre :

« Regarde ce que tu fais à quelqu'un qui t'aime, dit-elle faiblement. Je sais maintenant qui tu es… »

Je quittai la pièce, décontenancée. Tant mieux après tout si ma cousine n'aimait pas la personnalité qu'elle découvrait en moi… Elle serait moins souvent collée à mes basques !

Quel gâchis ! Le plancher était couvert de traînées de boue... Notre passage avait laissé des traces… Comment avions-nous pu salir autant l'escalier ? De plus, mon imagination se jouant de moi, l'odeur fétide du parc me revenait. Prenant mon courage à deux mains, je redescendis au rez-de-chaussée. Munie d'un seau d'eau et d'une serviette usagée, j'entrepris de tout nettoyer.

Une heure plus tard, je regagnais ma chambre. Laurence dormait. Je me couchai mais n'arrivai pas à fermer l'oeil. Trop de sentiments disparates habitaient mon cœur ! Ralph m'avait déçue… Notre mésaventure me bouleversait… Caroline m'énervait… et je détestais Frédérique. S'il n'en tenait qu'à moi, j'aurais quitté la maison, voire même la ville. Mais pour aller où ? Certainement pas à Saint-Marc. Bizarrement, je n'avais pas envie de revoir ma mère…

Le sommeil ne voulait pas de moi. Les yeux grand ouverts, je repensais aux derniers événements. Caroline me faisait de plus en plus peur. Il me fallait penser à autre chose… Une idée me vint. Pourquoi ne rédigerais-je pas la fameuse lettre qui devait compromettre Adèle ? Juste pour passer le temps… et ma rage. Dommage que Frédérique ne fût pas là pour m'inspirer !

Frédérique… Me manquait-elle ? Aussi étrange que cela puisse paraître, non. Nous nous connaissions depuis toujours, nous avions vécu un tas de trucs ensemble. Et pourtant… C'était comme si, inconsciemment, j'avais toujours désiré être débarrassée d'elle. D'une certaine façon, je me sentais libérée. Je lui en voulais terriblement d'avoir su attirer l'attention de Ralph.

Une personnalité vraiment mienne semblait vouloir prendre surface… Désormais, je me sentais assez forte pour dire à chacun ses quatre vérités… En attendant, je m'adonnai à la rédaction de la fameuse lettre. Au bout d'un quart d'heure, elle était achevée. Ce n'était pas précisément une lettre ; plutôt un billet. Je le relus avec une pointe de satisfaction :

Adèle chérie, retrouvons-nous cet après-midi à l'endroit habituel. Il faut absolument que je te parle.

Soudain – quel diable me prit ? – j'ajoutai :

Comme d'habitude, Caroline veillera à ce que ton petit mari ne s'aperçoive de rien…

« Mikaëlle… Encore debout ? Que fais-tu donc ? »

Laurence avait les yeux mi-clos et sa voix était ensommeillée.

« Je pensais que tu dormais, fis-je, sans relever la question. Je vais éteindre… »

Je cachai prestement la lettre sous le matelas et m'allongeai après avoir bien tassé l'oreiller.

« Je viens d'avoir un cauchemar, se plaignit ma correspondante. Les battements de tambour m'empêchent de dormir. J'ai peur… Tu as entendu Caroline ? Elle était au courant pour le cadavre… Qui le lui a dit ? »

Je haussai les épaules :

« Un petit conseil : ne t'occupe pas trop des divagations de ma cousine… Elle se prend pour un oracle et fait tout pour attirer l'attention. Ici, personne ne la prend au sérieux… »

Laurence ne semblait pas convaincue.

« Qu'elle veuille se mettre en évidence n'explique pas qu'elle ait été au courant de cette histoire bien avant notre arrivée !

– Dormons, coupai-je d'une voix ferme. Demain, nous demanderons à mon père de nous prêter la voiture. S'il accepte, nous irons pique-niquer à Kenscoff. Sinon, nous visiterons le Musée du Panthéon National Haïtien. Le MUPANAH. Qu'en penses-tu ? »

Laurence, perdue dans ses interrogations, hocha laconiquement la tête qu'elle enfouit bien vite sous l'oreiller. Bientôt, je l'entendis ronfler. Elle dormait à poings fermés.

CHAPITRE SEPT

Des éclats de voix me réveillèrent le lendemain matin. Mon père, fortement irrité, se déchaînait contre quelqu'un… Un sourire de triomphe se dessina sur mes lèvres. C'était trop beau. Tout se déroulait comme prévu… Au cours de la nuit, j'avais abandonné la lettre sur le tapis de la salle à manger. Papa avait été, comme d'habitude, le premier à descendre déjeuner. Et voilà ! Il vociférait d'indignation. Adèle se défendait. Caroline pleurait… Seule Laurence évoluait en dehors du drame : elle dormait encore et rien ne semblait pouvoir troubler son sommeil…

Dévalant l'escalier, je m'informai innocemment :

« Que se passe-t-il ? »

Mon père brandit le billet révélateur :

« Voilà ce qui se passe ! »

Je m'emparai de la feuille de papier bleu que je connaissais mieux que personne, la parcourus hypocritement des yeux et secouai la tête d'un air désapprobateur. Je me tournai ensuite vers Adèle. Elle me toisa. Caroline, recroquevillée au bas de l'escalier, sanglotait. J'eus honte de la voir ainsi, malheureuse…

« Mikaëlle, gronda Adèle, si cette plaisanterie est de toi, sache qu'elle est de très mauvais goût !

– Franchement, Adèle, répliquai-je d'une voix candide, tu me sous-estimes… »

Les yeux de mon père lançaient des éclairs. La colère le rendait méconnaissable. Une menace flottait dans l'air… Bientôt, le verdict tomba :

« Vous avez trahi ma confiance. Toutes les deux, vous quittez la maison, aujourd'hui même. Je ne veux plus vous revoir… Adèle, tu as le choix entre la maison de ta tante, à quelques pas d'ici, et la propriété de famille à Saint-Marc… Peut-être aurais-tu une troisième option ? Je m'en moque… Caroline, ton oncle Amédée viendra te chercher cet après-midi…Tu me surprends. Je n'aurais jamais cru que tu te mettrais avec Adèle contre moi… Quelle duplicité ! J'aurais dû écouter les conseils de ma fille ! »

Je jubilais intérieurement. J'étais enfin débarrassée de ces deux croque-mitaines… Désormais, j'étais libre. J'allais pouvoir respirer dans ma maison… Je regardai Caroline. Elle semblait avoir vieilli en quelques secondes. Son visage, subitement de marbre, exprimait une profonde indifférence. Quant à Adèle… Impossible de lui cacher ma joie. Elle partait, et surtout définitivement. Papa était trop fier pour revenir sur une décision aussi importante.

Saint-Marc… Les parents d'Adèle étaient donc eux aussi originaires de cette ville. Maman et Adèle avaient alors des points communs… Que devenait Maman ? Gardait-elle rancune à sa fille ? Je revins à la réalité. Rompant le silence qui s'était installé dans la salle à manger, d'une voix câline, je sollicitai :

« P'pa, tu me prêtes la voiture aujourd'hui ?

– Bien sûr, mon ange. »

Adèle en avait pour son compte ce matin. Ne répétait-elle pas à qui voulait l'entendre : « Mikaëlle conduit comme une folle… » ? Aussi, Papa gardait-il précieusement les clefs de la voiture !

Je lançai à ma belle-mère un regard de défi. Désormais, j'avais la situation en main…

Les rideaux étaient tirés. Dans la pénombre, le souffle de Laurence se soulevait à un rythme régulier. Agitant comme une clochette le trousseau de clefs, j'ouvris avec grand fracas les fenêtres de la chambre. Les nuages dans le ciel avaient une merveilleuse teinte violette. Ils me faisaient penser à des guimauves passées au four. Quelques tourterelles et un petit groupe de wanga-nègues jouaient à cache-cache dans la feuillée… Port-au-Prince se réveillait…

Laurence grogna lorsque les rayons du soleil vinrent la frapper en plein visage. Cependant, elle ne bougea pas d'un pouce. Je réfléchissais au moyen efficace de la mettre sur pied quand je vis bouger quelque chose sous les couvertures de mon lit. Intriguée, je m'approchai et soulevai délicatement les draps. Je ne vis pas tout de suite qu'il s'agissait d'un énorme serpent verdâtre. Ce n'est que lorsqu'il tira sa langue filante que je réalisai à quoi j'avais affaire. Je frémis de terreur. Enroulé autour de mon bras, le reptile, dont la tête atteignait déjà mon épaule, convoitait mon cou. N'osant ni crier, ni bouger, médusée, je regardais la maudite bête se lover contre ma poitrine. Je retenais mon souffle, craignant à tout instant une piqûre mortelle. L'animal me fixait de ses yeux d'or ancrés au fond d'une face écailleuse et resserrait son emprise…

Je déglutissais avec peine, palpitante, évitant même de fermer les yeux. Le serpent glissa de mon bras, pour s'enrouler autour de ma taille, puis étreindre mes jambes… Une sueur glacée me collait les cheveux aux tempes. Bientôt, le serpent se faufilait sous le lit, me délivrant du coup de ses caresses malsaines.

Sans attendre, je secouai vigoureusement Laurence.

« Quoi ? Quoi ? s'exclama-t-elle en sursautant.

– Un serpent, bégayai-je. »

Laurence, encore ensommeillée, s'informa d'une voix lasse :

« Où ça ? »

Impatientée, je la secouai comme un amandier.

« Réveille-toi ! Il y a un serpent sous mon lit, et il va se déplacer ! »

Elle comprit enfin. Sautant sur ses deux pieds, elle parcourut la pièce d'un regard effrayé.

« Sous le lit ! criai-je. »

Courageusement, Laurence s'accroupit et regarda de part et d'autre. Finalement, elle déclara :

« Il n'y a rien. »

Je me baissai à mon tour et ne vis rien, en effet. Où était passé le reptile ?

Laurence m'accorda un drôle de regard.

« Tu as les yeux cernés, dit-elle après un moment. Tu devrais te reposer encore un peu… »

Je n'eus pas le courage de protester. Avais-je été victime d'une hallucination ? Etais-je fatiguée au point d'être jouée par mon imagination ? Je tremblais, les lèvres sèches, les jambes fatiguées, comme si je revenais d'une longue course. Je croyais sentir encore l'étreinte glacée de l'horrible animal.

Laurence me considérait avec indulgence :

« Je comprends que tu sois bouleversée après cette nuit riche en péripéties… Je le suis encore moi-même, et regrette presque d'être sortie hier soir… »

Je hochai la tête. Il me fallait prendre de l'air. J'étouffais entre ces murs. Je me raclai la gorge pour lui dire :

« Va vite te préparer, Laurence. Aujourd'hui, visite du MUPANAH, d'une galerie d'art… Dans l'après-midi, nous irons à la patinoire de Kenscoff. Nous mangerons au grand air, etc, etc… »

« Caroline nous accompagne ? s'informa Laurence, pleine d'appréhension.

– Non, elle ne sera pas avec nous. »

Ma cousine était partie très vite, à l'insu de mon père, et avant même que son oncle ne fut venu la chercher. Elle avait paru pressée de s'en aller, ne se souciant même pas du petit déjeuner... D'ailleurs, aurait-elle pu avaler quoi que ce soit ? Un certain sentiment de culpabilité m'avait envahie en la regardant disparaître au coin de la rue Paul II, traînant courageusement une énorme malle.

Adèle, ne comprenant pas trop ce qui lui était arrivé, avait pris quelques affaires à la sauvette. Son univers s'effondrait, tel un château de cartes ! Pourquoi son mari avait-il été si injuste ? Profondément indignée, elle avait appelé un taxi et s'en était allée vers une destination inconnue… Elle n'avait salué personne, espérant sans nul doute n'avoir plus jamais à rencontrer aucun de nous sur son chemin !

Désormais, j'allais enfin vivre. Vivre sans Adèle, c'était le bonheur. Ah ! Vraiment ? Alors, pourquoi n'étais-je pas d'humeur à sauter de joie ? Pourquoi ne pouvais-je chasser de mes pensées l'image de Caroline quittant la maison ? Il me fallait à tout prix quitter un moment cette atmosphère, et faire le vide.

C'était bien la première fois que j'empruntais la route de Kenscoff au volant d'une voiture. Je me sentais parfaitement détendue malgré le déferlement rapide et époustouflant des camions de sable et des chauffeurs de transport public. A un tournant, nous fûmes interpellées par deux hommes en uniforme, deux policiers en service… Ils entreprirent une fouille de voitures, probablement dans le double objectif d'occuper un temps creux et de faire croire aux chauffeurs sidérés qu'ils accomplissaient une tâche des plus sérieuses…

C'était bientôt une file interminable, allant du poste de police de Thomassin à la caserne de Pétion-Ville… La plupart des conducteurs qui avaient encore en mémoire le terrible embargo des années 91-94, s'inquiétaient : « Sa ki gen la-a ? Pa gen gaz ? » Des commissaires de police se virent obligés de monter illico à Thomassin afin de faire arrêter cette fouille injustifiée.

L'après-midi se passa sans autre anicroche. Un ciel clair, un vent frais et léger, des mornes verdoyants… tout incitait à l'aventure… Des gouttes de rosée scintillaient dans l'herbe grasse et touffue… Les cabris, émerveillés, sautillaient ici et là, tandis que les boeufs agitaient la queue avec nonchalance, voyant arriver l'heure du repos.

Laurence fut frappée par le charme naturel des lieux. Aucune comparaison entre cette floraison et la nudité des mornes de la capitale… Un jour viendrait, heureusement, où mon pays retrouverait les fastes d'antan et redeviendrait la Perle des Antilles !

Nous nous arrêtâmes d'abord chez Wallace, à Fermathe. Après avoir copieusement déjeuné au restaurant, nous prîmes plaisir à visiter le musée et le zoo du mall. Dans le parc, des enfants, toutes classes confondues, jouaient au ballon, montaient à bicyclette ou à la balançoire. Des hommes en chapeaux de paille offraient aux touristes des sculptures ou autres objets d'art. Des tableaux de jeunes peintres, exposés un peu partout dans la cour, se vendaient comme des bouchées de pain. J'encourageai Laurence à se procurer de petits souvenirs, pas trop chers, au magasin. Elle en fut enchantée, et je me sentis profondément soulagée.

J'étais plutôt gaie. Il avait suffi que je m'éloigne de la maison pour me sentir de nouveau moi-même. J'essayais de ne penser à rien, jouissant du souffle léger du vent et du spectacle cocasse et bien de chez nous des vendeurs assaillant de leurs marchandises tous ceux qui semblaient venir d'ailleurs.

La randonnée se poursuivit jusqu'à la patinoire. Quelques amies de l'école s'y trouvaient déjà. Elles accueillirent chaleureusement l'étrangère et la prirent peu après en charge. En fin d'après-midi, un jeune garçon nous proposa quelques tours à cheval, à raison de la somme modique de cinq gourdes par tournée.

« Yon pri trè demokratik, fit-il en hochant la tête comme Oui-Oui, le petit pantin au grelot. »

Le marché fut conclu.

Laurence s'amusa follement, encourageant l'animal à galoper de plus en plus vite... Malheureusement, quinze minutes plus tard, le cheval, qui avait les flancs creux et le regard pitoyable, stoppa net et refusa d'avancer, en dépit des coups de fouet cinglants et rapides que lui assenait son jeune gardien.

Nous remerciâmes néanmoins le garçon et continuâmes notre ascension à travers la nature enchanteresse... A Fort Jacques, nous installâmes un pique-nique sur l'herbe riante. Laurence tint à prier avant le repas. Emue sans être en mesure de comprendre la raison de mon trouble, fermant les yeux pour rentrer au plus profond de moi-même, je priai avec ferveur, mettant tout mon coeur dans les paroles sacrées du Notre-Père. Laurence fredonna ensuite un cantique qui me toucha jusqu'aux larmes.

Je déballai les provisions. Laurence apprécia grandement notre manba typique, notre gelée de goyaves, nos cassaves à la noix de coco. J'avais pris soin d'apporter une petite bouteille de kremas que nous bûmes toutes deux avec délectation. Une marchande de fritay nous offrit griyos et bananes pesées que mon amie dévora avec un appétit de fer, en deux temps, trois mouvements. En la voyant si enjouée, je me demandai si Laurence aurait jamais envie de retourner en France. Haïti avait quelque chose de magique et d'envoûtant qui retenait les visiteurs…

La nuit était déjà tombée lorsque nous décidâmes de regagner Port-au-Prince.

Arrivées à Pétion-Ville, je proposai à Laurence un tour à la place Boyer. Les activités carnavalesques y attiraient ordinairement une foule bariolée et compacte… Je n'étais vraiment pas d'humeur à rentrer à la maison…

« N'est-il pas un peu tard ? s'inquiéta la jeune fille. »

Je devinai qu'elle se remémorait la nuit précédente. J'essayai de chasser ses appréhensions.

« Il s'agit vraiment d'un spectacle à ne rater pour rien au monde. Tu vas voir. C'est un avant-goût du carnaval haïtien. Nous allons nous amuser comme des folles ! »

Laurence se laissa convaincre.

Les rues revêtaient une allure de fête. Les rayons diaprés des guirlandes électriques scintillaient sur les trottoirs. La variété des masques et des déguisements égayait encore davantage l'atmosphère. Chacun vivait intensément ce moment, dans l'attente du lendemain, premier jour du grand défilé traditionnel.

Je garai la voiture devant un hôtel, et nous emboîtâmes le pas à un groupe de jeunes qui se dirigeaient également vers la place.

La foule en plein délire tournoyait, alors qu'une équipe de jeunes musiciens alimentait l'ambiance. Emportée par une bousculade, je vis avec étonnement Laurence éclater de rire. Elle agitait la tête au rythme de la musique racine d'une bande à pied… Vaccines, tambours, bambous, basses, grajs, trompettes, trombones… tous ces instruments s'accordaient pour mettre les gens en liesse. Un homme élancé, vêtu de noir, portait une espèce de cagoule qui mettait en relief une bouche énorme, épaisse et grotesque. A chaque pas, et sans sourciller, il frappait vigoureusement l'asphalte de sa rigwaz longue et coriace, comme le ferait un commandeur de l'époque esclavagiste.

« Qu'est-ce que c'est ? me demanda Laurence en écarquillant les yeux.

– Un Chaloska. »

Je dus lui expliquer que Charles Oscar avait été un général haïtien réputé pour sa méchanceté, son mauvais caractère et sa tyrannie. Il avait évolué dans le pays peu avant l'Occupation américaine de 1915-1934. Les citoyens de l'époque, terrorisés par ce général, profitaient du carnaval pour le tourner en dérision. Ainsi naquit en Haïti la tradition des Chaloska.

« Regarde, Mikaëlle ! »

Je tournai la tête, juste à temps, pour tomber bab pou bab sur un lamayòt.

« Peye de goud, y'ap ouvri bwat-la, claironnait de façon mystérieuse, une fillette tout sourire et tout charme pour attirer les spectateurs. »

Quelques enfants suivaient avec curiosité, attendant le moment idéal pour découvrir le contenu de la boîte.

La jeune Française, amusée et intriguée, voulut participer. Je lui glissai quelques mots à l'oreille. Elle sortit alors d'une des poches de son pantalon quatre pièces de cinquante centimes qu'elle tendit au lamayòt. Ce dernier, prestement, fit disparaître la monnaie en même temps qu'il ouvrait la fameuse boîte. Un énorme serpent de couleur verdâtre se hasarda à en sortir. Gonflant la tête, il défia l'assistance, avant de s'enrouler au bras de son propriétaire. Je me retins pour ne pas hurler… Ce serpent, je l'aurais reconnu entre mille. Reculant d'un pas, je repensai au contact désagréable de l'animal sur mon bras ce matin… Je ne pouvais pas me tromper. Il s'agissait du même reptile.

L'homme éclata d'un rire narquois. Ma frayeur était trop évidente. Bien tranquillement, il remit son trésor dans la boîte oblongue après lui avoir caressé la tête. Laurence, fort heureusement, n'avait pas remarqué mon trouble. Les bras levés en direction du ciel, comme le réclamait le chanteur, elle dansait à la manière des Haïtiens… Soudain, dans ce climat d'effervescence généralisée, une femme à nos côtés fut prise de convulsions. Ses yeux lui sortaient de la tête et ses dents, nerveusement, semblaient vouloir pulvériser quelque chose. Elle se laissa tomber sur le sol, le regard vide, gesticulant en tous sens. Elle attrapa une bouteille et en fit un trophée pour invoquer Erzulie Freda d'une voix tonitruante.

« Men sa-a pran lwa, déclara tragiquement un quidam puant l'alcool. »

Ce disant, il agita un flacon de tranpe et en versa quelques gouttes sur la possédée. Cette dernière l'arrosa de mots obscènes et commença à chanter « Fèy-o, sove lavi mwen… »

Un cercle se resserra autour de la femme. Il nous fut bientôt impossible de voir ce qui se passait… De toute façon, il était temps de partir. La fatigue m'envahissait.

Sur le chemin du retour, Laurence s'enquit des nouvelles d'Adèle et de Caroline qu'elle n'avait pas remarquées ce matin… Je dus lui apprendre qu'une terrible dispute ayant éclaté à l'heure du petit déjeuner, la maisonnée s'en trouvait encore profondément bouleversée… Laurence posa sur moi un regard plein de compassion. Sans doute s'imaginait-elle que le drame m'ayant beaucoup affectée, en dépit des apparences, je continuais à en souffrir…

D'une certaine façon, mon esprit était tourmenté… Depuis ce matin, Caroline ne quittait pas mes pensées. Je n'arrivais pas à comprendre… Pourquoi avais-je agi de la sorte ? Ma cousine ne m'avait rien fait. Au contraire… Plus jeune que moi, elle avait paru cependant vouloir me protéger et ne m'avait jusqu'ici manifesté que gentillesse, dévouement… Mes yeux s'humectèrent… Caroline ! A la mort de ses parents, perturbée affectivement, elle n'avait réclamé de nous qu'un peu d'amour. Elle était entrée dans la maison, confiante en notre compréhension, nous comblant de sa chaleur humaine. Nous étions sa nouvelle famille... Dans mon inconscience, insensible à tant de spontanéité, qu'avais-je fait ? Froidement, j'avais organisé son expulsion. Par ma faute, Papa l'avait accusée à tort. J'avais trahi l'amitié de Caroline. J'avais été tout bonnement infâme… Pourquoi ?

Je sais maintenant qui tu es…

Qui étais-je donc, Caroline ?

CHAPITRE HUIT

Un éternuement sonore fusa non loin de la salle à manger, à la manière d'un énorme ballon en caoutchouc en train d'éclater… Cet éternuement, je l'aurais reconnu entre mille… Je levai la tête. A l'encoignure de la porte, Papa se mouchait discrètement dans une serviette en papier. Je souris… Il avança lentement vers la table et huma avec satisfaction le contenu de sa tasse. Jésula venait tout juste de servir le petit déjeuner : akasan au lait, beurre et pain grillé… Depuis le départ d'Adèle et de Caroline, Papa était devenu un autre homme. Contrairement à ses habitudes, il faisait montre, présentement, d'une bonne humeur communicative et n'était plus que gentillesse… Je n'y comprenais rien… Cette nouvelle attitude jurait grandement avec les considérations, les concessions accordées à sa femme dans un passé pas trop lointain. Quelque chose m'échappait… Il avait cru trop facilement aux sous-entendus de la lettre d'un prétendu amant… Sans transition, Papa était passé de l'amour fou à la suspicion la plus illogique. Ses réactions ne s'harmonisaient pas… Du moins, cette sérénité ostentatoire, était-ce une façon maladroite de cacher son désarroi ?

Le téléphone sonna. Je dus faire un effort surhumain pour ne pas bondir de ma chaise. Etait-ce Ralph ? Je ne l'avais pas revu depuis le fameux vendredi du bal masqué… Je chassai de mes pensées le souvenir macabre du cadavre découvert ce soir-là… et retins le souffle quand Jésula décrocha l'appareil :

« Ou tronpe nimewo, wi. Se pa isit la…»

Je fus déçue. Il était déjà mardi-gras. Décidément, Ralph n'allait plus donner signe de vie. J'en étais brusquement convaincue… J'avais nourri l'espoir de l'apercevoir au Champs-de-Mars, sur le stand du Safari Club mais ces deux derniers jours, une terrible indigestion avait retenu Laurence au lit. Fort heureusement, tout semblait aller mieux ce matin. Installée à mes côtés, elle observait d'un oeil critique ce que Jésula lui servait, prenant tout son temps pour se mettre à la bouche même une tranche de pain. La voyant s'éterniser à table, je me levai poliment. Papa, quant à lui, avait déjà regagné sa chambre.

Une fois gagné le couloir de l'étage, une anomalie attira mon attention. La porte de Caroline était entrebâillée. Je pénétrai dans la pièce. Tout y était sens dessus dessous. Dans sa précipitation, ma cousine n'avait même pas refermé les tiroirs et son lit était encore défait. Je m'y allongeai et fermai les yeux.

« Mikaëlle, je ne te reconnais plus. Que t'arrive-t-il ? Réalises-tu enfin le mal que tu as fait ? Quelle force t'a donc poussée à agir de la sorte ? »

Je m'étais laissée entraîner dans l'accomplissement d'un acte que j'aurais profondément réprouvé dans le passé. Des sentiments contradictoires me bouleversaient. Altruisme, haine, indifférence, remords se succédaient dans mon coeur. Au fur et à mesure, une répulsion grandissante m'étreignit du plus profond de mon être et me plongea bientôt dans une langueur indéfinissable.

« Oh, Caroline ! Où es-tu ? Me pardonneras-tu jamais ? »

La sonnerie du téléphone retentit de nouveau. C'était l'oncle Amédée. Je me sentis soulagée.

« Bonjour Tonton. Comment va Caroline ?

– Caroline ? »

Je sursautai. Il paraissait confus. Pourquoi ?

« Oui, repris-je, intriguée. Caroline va bien ?

– Je n'y comprends rien. Je devais venir la chercher samedi après-midi mais ton père m'a annoncé qu'elle avait décidé de monter chez moi en taxi. Quand je ne l'ai pas vue arriver, j'ai cru que les choses s'étaient arrangées… Mon Dieu ! Où serait-elle donc allée ? Elle est si jeune… »

Interdite, je me dressai sur mon séant. Caroline avait disparu. Les choses se compliquaient. Mon sentiment de culpabilité s'accentuait.

« Qu'allons-nous donc faire pour la retrouver ? Caroline n'a plus que ton père et moi… »

Oncle Amédée paraissait ébranlé. Je remis le combiné à mon père. Il promit d'alerter la police dans les meilleurs délais et d'entreprendre des investigations dans le quartier.

L'inquiétude me rongeait… S'agissait-il d'une fugue ou d'un enlèvement ? Je me sentais à la fois impuissante et coupable. Pourquoi n'avais-je pas essayé de retenir Caroline ? Soudain, mes pensées s'orientèrent vers la Confrérie du Lendemain, la secte à laquelle appartenait ma cousine. La jeune fille, fanatisée par les Confrères, était sans doute allée les rejoindre. Dans quel but ? Ces adultes avaient-ils le droit de retenir une adolescente sans le consentement des parents ? Je frémis à cette idée…

La foule me broyait… Elle nous broyait tous d'ailleurs, semblant vouloir nous anéantir… Nous en suffoquions… Délire… déchirements… déhanchements… odeur âcre de tafia… senteur asphyxiante de marijuana… Laurence gesticulait dans cet exutoire de bousculades, de mots obscènes et de folie… Coups de bouteilles. Eclats. Intervention des CIMOS. Affrontements. Jets de sang. Musique assourdissante. Hurlements. Joie. Colère. Point de rencontre de l'enfer et du paradis : Carnaval haïtien… Quel spectacle !

Un bandana fluorescent retenait les cheveux de Jenny qui portait un large maillot blanc frappé de lettres multicolores. On pouvait y lire sans difficulté : « Kanaval 1998 – Nou pral konte pa. » Appuyée aux panneaux du stand du Safari Club, la jeune fille agitait avec force le drapeau du groupe musical King of Kings placé en tête du défilé carnavalesque. Laurence et moi étions à proximité. Nous ayant aperçues, Jenny nous convia à la rejoindre. Une fois sur le stand, j'y remarquai Frédérique, installée à l'arrière, mais fis semblant de ne pas la reconnaître. Ses tikouris de circonstance et ses boucles d'oreilles créoles l'avaient véritablement transformée.

De toute façon, Frédérique et moi n'avions plus rien à nous dire. Tout était bien fini entre nous… Pourtant, n'avait-elle pas été ma meilleure amie ? Etait-ce l'orgueil ou la jalousie qui m'empêchait de lui adresser la parole ? Les deux, à la réflexion. Comment supporter l'idée que Ralph était attiré par Frédérique ? Je n'arrivais pas à le lui pardonner. Pourquoi elle ? Je réalisai tout à coup que Frédérique s'était éloignée… A quelques pas plus loin, juste sous un amandier, elle discutait avec quelqu'un. Je n'eus aucun mal à identifier l'interlocuteur : Ralph… Je détournai bien vite la tête, voulant éviter le regard du jeune homme. Connaissant mes faiblesses en présence du garçon, il me fallait à tout prix l'éviter. Dès qu'il ouvrait la bouche, je l'écoutais béatement, incapable de la moindre parole intelligente ou intelligible.

Laurence partit soudain d'un grand éclat de rire. L'ambiance lui plaisait. Jenny et elle s'esclaffaient et se délectaient comme des marinades dans un bol d'huile en ébullition… Je balayai du regard la masse mouvante, hétérogène et arc-en-ciel… Quelle affaire !

« Bonsoir, Mikaëlle. »

Je me retournai lentement.

« Bonsoir, Frédérique. »

J'avais l'étrange et gênante sensation de me retrouver en face d'une inconnue. Quelque chose avait changé en Frédérique. Elle n'arborait plus ce petit air vindicatif et revêche que je lui avais toujours connu, et elle s'en trouvait beaucoup plus jolie. J'étais un peu surprise de la voir m'aborder de cette façon, comme si rien ne s'était passé.

« Mikaëlle... » Sortant de ses lèvres, les trois syllabes de mon prénom résonnaient singulièrement. D'ordinaire, elle m'appelait Mika ou Mikou, suivant la circonstance... La jeune fille eut soudain l'air gênée. Se raclant la gorge, elle me dit d'une traite :

« Si tu voulais me considérer comme par le passé, me lancer autre chose qu'un bonsoir machinal, je me sentirais beaucoup plus à l'aise...»

Je levai les sourcils et ma voix se fit railleuse :

« Autre chose que bonsoir ? Mais c'est déjà beaucoup... Se saluer, n'est-ce pas important ? D'ailleurs, l'initiative vient de toi. En conviens-tu ? »

Que je pouvais être stupide ! Pourquoi donc continuais-je à me comporter à la manière d'une gamine de dix ans ? Je m'entendis ajouter :

« Je n'ai rien à te dire, Frédérique. »

Le coup de grâce ayant été lancé, j'estimais le sujet clos. Mais les yeux de Frédérique s'embuèrent et je compris que mes paroles l'avaient blessée. Cette certitude, loin de m'attendrir, me procura un immense sentiment de satisfaction. Frédérique n'avait rien compris ! Désormais, Ralph était le fossé s'interposant entre elle et moi. Plus question d'amitié entre nous deux. La jalousie réfrénait les élans spontanés de mon coeur. Il m'était impossible d'approcher Frédérique, de reprendre nos anciennes relations. Je ne le voulais plus. J'avais trop souffert des confidences de Ralph qui, le plus naturellement du monde, avait mis son coeur à nu. Il se sentait attiré vers Frédérique... A cause d'elle, il perdait sans doute sommeil et appétit... Alors ? Plantant là Frédérique, je descendis rejoindre Laurence et Jenny qui s'amusaient comme des folles au milieu d'une bann très entraînante.

Un homme était allongé sur la pelouse, face contre terre. Je crus un instant qu'il était mort. Tout à coup, le phare d'une voiture éclaira la bouteille coincée sous son bras gauche. Ce fêtard était probablement ivre... Je continuai bien tranquillement mon chemin...

M'pral vole ! M'pral vole ! Vwazen kenbe do m' ! Le char de Kampèch arrivait à vive allure. Bousculades dans la foule. Un garçonnet en déséquilibre m'agrippa à la taille. Dans la mêlée, un coude me frappa au visage. Aveuglée et ahurie, je piétinai les orteils d'un homme derrière moi.

« Sa k' pran ou la-a ? »

La voix était fort bourrue. Je me retournai et reconnus l'individu étendu, il y a un instant, sur le gazon. Un coup terrible reçu à la nuque me força à comprendre que la remarque m'était destinée. Je poussai un cri et fermai les yeux. Impitoyablement, la douleur me tenaillait. Une forte odeur d'alcool me brûlait les narines. J'essayai d'ouvrir les yeux afin de me mettre à l'abri. La musique se rapprochait... Le char avançait dans ma direction… Prise de panique, je commençai à sangloter, ne pouvant absolument rien distinguer. Quand finalement, je parvins à entrouvrir les paupières, on eût dit qu'un flot de nuages grisâtres, comme pour me narguer, grimaçaient et virevoltaient aux alentours. Ma dernière heure était venue…

« Anmwey ! gémis-je faiblement. »

J'étais affreusement seule. Plus personne aux alentours. J'allais disparaître sous les roues impitoyables du char, écrasée sans merci. A peine si l'empreinte dentaire permettrait d'identifier mon cadavre… J'étais désespérée et me préparais pour l'au-delà…

Subitement, je me sentis empoignée… Quelqu'un était venu à mon secours… Tout pour moi était flou. Il m'aurait été difficile de discerner les traits de ce bon Samaritain. Je pris appui sur son épaule et fus conduite en lieu sûr, loin de la mêlée. Vraisemblablement, je n'étais plus au Champ-de-Mars. Le vacarme s'était transformé en une lointaine rumeur. De la glace me fut appliquée sur les tempes… Je commençais à me calmer…

« Essaie d'ouvrir les yeux…»

Cette voix… unique au monde… Pouvais-je me tromper ? Je levai doucement les paupières. Je grimaçai, car j'avais terriblement mal. J'eus un moment l'impression qu'un léger brouillard enveloppait la ville. Mais au fur et à mesure, les êtres et les choses reprenaient leurs dimensions. Tout devenait clair.

Ralph… Il m'aida à m'asseoir sur le trottoir… Je reconnus la station d'essence, en face de l'établissement scolaire Sainte Rose de Lima. Nous étions à l'avenue John Brown, au coin de la rue Christophe. Le pavé était froid et humide. Une sueur glacée avait coulé le long de mon dos. Comme je frissonnais, Ralph prit place à côté de moi et passa doucement un bras autour de mon épaule. Sans réfléchir, j'appuyai ma tête au creux de son cou. Il ne broncha pas. Je me sentais merveilleusement bien… La brise jouait dans mes nattes brunes et mon regard se perdait dans la profondeur des étoiles…

Ralph me demanda soudain à quoi je pensais. Troublée, je souris sans répondre et me dégageai de son étreinte. Ma tête me faisait encore énormément souffrir.

« Tu es quelqu'un de bien, tu sais, fit le garçon tout à coup. »

Quelqu'un de bien ? Que voulait-il dire au juste ? Ralph Buisson était un garçon tout à fait imprévisible… Sa réflexion me déçut… Alors qu'il était si spécial à mes yeux, pour lui j'étais tout simplement quelqu'un de bien. Je laissai échapper un petit rire amer. Le regard de Ralph ne me quittait plus et brillait étrangement dans la nuit noire. Des larmes me glissaient sur les joues… Ralph avait un drôle d'air… Il alluma nerveusement une cigarette et bientôt, des volutes grisâtres enrobèrent l'atmosphère. Le jeune homme continuait à me fixer. Je fus celle qui baissa les yeux. Je ne pouvais supporter l'intensité de son regard, cette flamme qui me consumait.

« Tu ne sais rien de moi, Mikaëlle. Rien. Ce que tu éprouves n'est qu'une émotion passagère… »

Je demeurai sans voix. Ainsi, Ralph avait deviné mes sentiments. Il connaissait les mots brûlants qui n'osaient franchir mes lèvres, mais qui me calcinaient le coeur... la tendresse infinie dont j'aurais voulu le combler... ce grand secret derrière lequel je m'abritais… Pourquoi ne s'était-il pas tu ! Dorénavant, comment pourrais-je le regarder en face et accepter ses plaisanteries ? Affronter le sourire ravageur de Ralph… quelle gageure ! Et Patricia… la femme de ses rêves… Que devenait-elle dans cette histoire ? J'aurais voulu faire sa connaissance. Elle était certainement jolie, sympathique et bien entendu… pas seulement *quelqu'un de bien* ! Ralph l'aimait. Elle avait tout pour lui plaire. Heureuse Patricia !

Je pleurais. Ralph prit alors délicatement mon visage entre ses mains et me força à le regarder. Soudain, ses yeux devinrent tout rouges… Lâchant mes joues, il se détourna et éternua bruyamment.

« Qu'as-tu ? m'inquiétai-je. Cela ne va pas ?

– Mes allergies, répondit-il, laconique.

– A quoi donc ?

– Aux chats, aux chiens… Bof ! A tout ce qui a des poils.

– Bizarre… Ti Plume ne s'est pas approché de moi ce matin. Cela m'étonne que je puisse te mettre dans un tel état ! »

Je me sentis soudain d'une humeur étrange. Ralph se taisait et n'arrêtait pas de renifler. L'air se chargeait d'une odeur insupportable. J'en étais suffoquée, et me levai d'un bond. Cette odeur… elle me rappelait des souvenirs désagréables. D'où provenait-elle ?

Ralph me dévisageait, les yeux horriblement rouges, inexplicablement rouges… Effrayée, je reculai de quelques pas, tendant les bras en guise de bouclier.

Le jeune homme se redressa :

« Que t'arrive-t-il ? »

Une toux sèche entrecoupait ses paroles. Un frisson me parcourut l'échine, tandis que je sentais la peur sourdre au plus profond de moi. Ralph essaya de s'approcher de moi.

« Arrête ! hurlai-je en m'éloignant d'avantage. »

Sourd à mon interdiction, il avança encore. Terrifiée, je reculai, prête à prendre la fuite, oubliant ma douleur. Le danger était tout près… Il me fallait fuir… Je me mis à courir, Ralph aux talons.

« Mikaëlle ! Attends ! »

Un hurlement atroce suivit ces mots. Je n'osai me retourner. Les jambes endoloris, les bras meurtris, les cheveux en bataille, je m'enfuyais sans but précis, me demandant avec horreur si je survivrais à ce cauchemar… Inexorablement, LA BÊTE se rapprochait de moi… Elle était à mes trousses… Son odeur se propageait dans l'air et se mêlait à celle de ma transpiration… La peur me donnait des ailes, mais je sentais toutefois que LA BÊTE, acharnée à ma poursuite, ne me donnerait aucun répit… J'étais perdue…

« Mikaëlle ! »

La voix de Ralph me parvenait de loin alors que ses pas me semblaient très proches…

« Mon Dieu, sauve-moi, je t'en prie ! »

Obscurité totale au coin de la première rue Lavaud… J'empruntai pourtant cette voie. Mes lacets se défirent et je trébuchai dans une rigole. Les pas se rapprochaient. Je jetai un bref coup d'oeil derrière moi tout en me relevant. Je discernai une masse volumineuse d'une noirceur d'encre, de laquelle se détachait une paire d'yeux rouges… Le jeune homme s'était métamorphosé. LA BÊTE , friande de chair humaine, chassait sa proie : Moi. Les dés étaient jetés… J'entendis distinctement des battements d'ailes.

« C'est la fin, pensai-je. Je ne lui échapperai pas…»

Les ailes de LA BÊTE bouleversaient la brise, et l'odeur malsaine m'asphyxiait presque. Je n'avais qu'un choix : me relever et courir... Oui, courir sans jamais m'arrêter. Courir à perdre haleine. Courir pour survivre. Je ne pourrais dire où je courais car tout était noir et lugubre. Mes maux, comme par enchantement, s'étaient dissipés… Pourtant, j'avais conscience de saigner à la tête, énormément… Mais les tâches rougeâtres sur mon corsage, l'accélération de mon pouls, mes sueurs froides, mon coeur en délire… ne pouvaient arrêter ma course folle, mon acharnement à fuir la mort, ma volonté farouche de détourner le cours du destin… Je m'en allais au hasard, renversant des obstacles.

Un crissement de pneus… Une voiture, bloquant le parcours, s'était arrêtée en plein milieu de la rue. Deux hommes en descendirent. N'avaient-ils point conscience du danger ? Ils allaient m'empêcher de passer, et nous serions tous dévorés. J'imaginais déjà nos trois cadavres déchiquetés, le sang qui giclait, les os broyés, et trois paires d'yeux roulant sur l'asphalte, pareils aux billes du jeu de la mort…

« Sauvez-vous ! hurlai-je. Sauvez-vous vite ! »

Les deux hommes m'empoignèrent par les bras et m'allongèrent à demi sur le banc arrière de la voiture qui démarra en trombe. L'un d'entre eux, installé à côté du chauffeur, par la vitre baissée de la portière, sortit un énorme crucifix qu'il brandit en direction de LA BÊTE. J'étais sauvée… Tout près de moi, l'autre individu ne cessait de marmotter des phrases bizarres dans une langue inconnue… Tout à coup, on m'appliqua sur le visage un mouchoir humide ayant une vague odeur d'anesthésie… Je me sentis dans les nuages… S'agissait-il d'un kidnapping ? Ma dernière pensée s'envola vers Caroline. Sans nul doute avait-elle connu un sort analogue… Mes yeux se fermèrent bientôt…

DEUXIÈME PARTIE

Illustration: Didier Desmangles

CHAPITRE NEUF

La pluie tombait à verse ; une pluie d'orage qui fouettait les arbres aux alentours. Le salon en était particulièrement secoué... Etendue dans l'obscurité, les yeux mi-clos, Mikaëlle caressait Ti Plume confortablement installé sur ses genoux. De temps à autre, alertée par des grincements suspects, la jeune fille lançait un regard inquiet vers la porte d'entrée. Alors, Ti Plume, réveillé en sursaut, se secouait et, dressant les oreilles, se mettait à gronder. Soudain, l'écho d'une voix rauque, étrangement familière, heurta les murs. Ti Plume, apeuré, se réfugia sous le canapé... alors que la voix, inlassablement, murmurait : *Viens... Viens... Viens !*

Une lueur rougeâtre s'infiltrait dans la salle... La jeune fille devinait des flammes derrière la porte. Pétrifiée, la main crispée sur le coussin du sofa, comme sous hypnose, elle gardait le regard fixé sur les battants de bois, prête à voir surgir à tout moment une face monstrueuse. Elle ferma les yeux d'horreur, sentant soudain un souffle dans son cou. Quelqu'un, quelque chose, tapi dans l'ombre, guettait ses moindres mouvements... Le coeur battant, les lèvres sèches, Mikaëlle se mit brusquement sur pied et, reculant de quelques pas, se retourna.

Une silhouette féminine lui faisait face. Grands dieux ! Qui était-ce ? Frédérique ? Caroline ? Il semblait à Mikaëlle qu'elles avaient fusionné, car si parfois le nez busqué de Frédérique se dessinait devant ses yeux, le visage ovale de sa cousine lui apparaissait par instants.

Viens... Viens... Viens ! ne cessait de répéter la voix.

L'intruse, qui se tenait jusque là immobile, telle une statue aux formes effrayantes, se dirigea vers la porte.

« Non ! Caroline, arrête ! supplia Mikaëlle. Il ne faut pas ouvrir. Tu le sais, n'est-ce pas ? Tu le sais ! »

La créature fit volte-face. Son visage était pareil à l'eau trouble d'une rivière. Mikaëlle ne pouvait maintenant en distinguer les traits. Elle entendit tout à coup un rire sonore, celui de Frédérique, fuser de ce qui devait être une bouche. Puis, se fondant dans la nuit, la créature disparut.

Mikaëlle vit avec effroi la porte s'entrebâiller. Une chaleur atroce la frappa en plein visage. Elle crut un moment qu'elle allait s'évanouir mais fut comme transportée par les vagues d'une mer houleuse, et une douleur momentanée lui saisit les membres. Que lui arrivait-il ? Etait-ce un voyage à travers les nuages ? La nuit avait rentré sa robe de deuil, et Mikaëlle flottait dans un monde de coton rose. Aussi loin que pouvait s'étendre son regard, l'univers était de la couleur de l'amour tendre.

Brusquement, elle entendit le grondement sourd de l'orage, brisant la magie de l'atmosphère. La pluie recommençait, mais au lieu de l'eau, c'était un sable brûlant et salé qui se déversait sur la jeune fille. Il lui gonflait impitoyablement le nez, les oreilles et la bouche. Elle allait bientôt étouffer... Son univers rosé se transformait en un désert lugubre où crânes et autres ossements humains jonchaient le sol. Bienvenue au royaume des trépassés...

Mikaëlle poussa un cri... et se réveilla. Quel horrible cauchemar ! Comment avait-elle pu s'endormir aussi profondément ? Sans doute lui avait-on administré un somnifère. Prise de panique au moment où les deux hommes s'étaient emparés d'elle, jamais elle n'aurait fermé les paupières !

Elle parcourut les lieux du regard. Apparemment, elle se trouvait dans une grotte. Les murs verdis par la mousse étaient en pierre et le sol en terre battue. Aucune fenêtre. L'unique porte de bois avait été fermée à clé. Une forte odeur de feuilles macérées se mêlait à l'humidité de l'endroit.

La jeune fille entreprit de visiter sa prison. Une table de pierre, fixée au sol, disparaissait sous une pile de paperasse, et une lampe au néon éclairait la pièce. Elle s'approcha de la table. Ses yeux rencontrèrent tout de suite un vieux papyrus sur lequel était gravé un dessin aux formes étranges. Tout au haut se voyaient quatre cercles dont trois étaient colorés. Ensuite, un énorme serpent. L'affreuse bête portait une couronne d'or et sa queue se terminait par une énorme main poilue. Sous le reptile, un homme et une femme nus cueillaient une pomme rongée par les vers. Adam et Eve ?

Un bref toussotement... Mikaëlle se retourna. Un vieillard venait d'ouvrir la porte. Quelques secondes suffirent à la prisonnière pour l'identifier. Elle l'avait vu en photo. Il s'agissait de Ti Féfé, le maître spirituel de la Confrérie du Lendemain. Le visage remarquablement raviné, l'homme paraissait séculaire. Ses yeux s'enfonçaient profondément dans leurs orbites et ses cheveux cotonneux lui encadraient le cou. C'était un véritable patriarche et Mikaëlle se sentit étrangement impressionnée.

« Bonjour, Mikaëlle. Joli tableau, n'est-ce pas ? »

La voix tremblotante du vieillard l'encouragea à regarder une nouvelle fois le parchemin.

« Il revêt pour l'avenir du monde une importance extrême. Ce papyrus, vieux de plusieurs millénaires, a été transmis aux Confrères de génération en génération. Il a été et est encore à la base de multiples recherches sur l'origine de l'humanité et sa destinée...»

Mikaëlle était suspendue aux lèvres de Ti Féfé.

« Agé seulement de onze ans, je devins Confrère pour remplacer mon père défunt. C'était en 1899... »

A cette phase du récit, il s'assit en tailleur sur la natte qui avait servi de lit à la jeune fille.

« Aux premiers moments de l'humanité, c'était la surabondance... l'innocence... l'amour. L'homme vivait dans un paradis aux multiples splendeurs. Il respirait le bonheur, écoutant dans l'allégresse le bruissement des feuilles, le murmure des sources, le sifflement du vent, le gazouillis des oiseaux... La nature entière le conviait à magnifier le créateur... Mais malheureusement, l'homme bientôt oublia Dieu, et son ingratitude créa un climat favorable à l'installation du mal. Il est écrit que le Diable, mi-homme mi-bête, donnerait naissance à un Fils qui asservirait notre humanité, parachevant ainsi son oeuvre. Ce Fils serait déjà né. La quatrième prédiction peut donc s'accomplir d'un instant à l'autre...

– La quatrième prédiction ? interrogea la jeune fille. De quoi s'agit-il ? »

L'homme tira de sa poche une bille de verre aux éclats aveuglants. Spontanément, Mikaëlle se mit une main devant le visage... Cependant, au bout de quelques secondes, ses yeux s'habituèrent à la forte luminosité du verre.

« Qu'est-ce que c'est ?

– Regarde bien... »

Approchant le visage, Mikaëlle poussa un cri. Mélange de stupeur et d'admiration. A travers la bille, se dessinaient un ciel ensoleillé, les vagues bleues de la mer et, par moments, des prairies, des animaux, des feuilles emportées par le vent... On aurait dit la terre elle-même, en miniature... un monde vivant. La prisonnière n'en pouvait croire ses yeux...

« Cette boule de verre est la dernière des Cynales représentées sur le papyrus. Dès que la prédiction sera accomplie, elle deviendra pareille aux trois autres... »

Et pour corroborer sa démonstration, le Maître laissa tomber trois billes opaques tout à fait ordinaires.

« Les deux guerres mondiales s'apparentent aux deux premières Cynales. La naissance du fils de Satan à la troisième. Quand le destin de Polotre, le fils du Diable, lui sera révélé, alors la quatrième prédiction s'accomplira… »

Mikaëlle, dans un éclair, se souvint des confidences de Caroline, au retour de l'inoubliable bal masqué… Tant d'événements s'étaient déroulés depuis… Pour le moment, ses idées étaient embrouillées et ses membres engourdis… Ses yeux n'arrêtaient pas de scruter le parchemin…

« Comme tu as dû le deviner, sur ce dessin, Adam et Eve symbolisent le Péché ; le serpent et la main poilue, les deux formes sous lesquelles Satan apparaît généralement pour ravager l'humanité…»

Dans un sursaut, la jeune fille revit l'affreux serpent ceindre sa taille dans la chambre à coucher. Elle se rappela ses angoisses, les réflexions de Laurence. Paraissant lire dans ses pensées, Ti Féfé conclut :

« C'est justement la raison pour laquelle tu es ici. Le serpent dans ta maison, serpent que tu as été d'ailleurs la seule à voir – ce qui est très curieux, doit probablement être un signe…»

Comment savait-il tout cela ? Elles n'étaient que deux dans la chambre. A moins que Caroline… Oui, Mikaëlle était sûre que sa cousine était derrière tout cela.

« Je ne comprends pas ce que vous voulez dire ! »

Elle commençait à s'impatienter. Le vieillard lui devenait de moins en moins sympathique.

« Pourquoi donc m'avez-vous fait enlever ?

– Tu ne comprends pas ? Tout est tellement évident ! »

C'était la voix de Caroline. Mikaëlle se retourna. Sa cousine se tenait dans l'encadrement de la porte, à peine reconnaissable sous une magistrale blouse violine et une imposante cagoule de la même couleur. Il s'agissait probablement d'un uniforme.

« Ton évanouissement inexplicable au cours de la retraite… tes subites sautes d'humeur… le serpent dans ta chambre…»

Mikaëlle avait peur de ne voir que trop bien où sa cousine voulait en venir.

« Mikaëlle, tout est clair. Tu es Polotre ! J'ai compris ce que signifiait ce rêve étrange que j'ai eu à ton sujet : cette porte qui s'ouvre… Plus tu t'enfonces dans le mal, plus les battants s'écartent. Tu es en train de changer, Mikaëlle. Tu deviens mauvaise. La porte du mal s'ouvre en toi, et bientôt, quand elle sera complètement écartée, la quatrième prédiction s'accomplira. Tu ne comprends pas trop bien ce qui t'arrive pour le moment. Ton comportement t'étonne. Si nous ne t'aidons pas, Mikaëlle disparaîtra à jamais pour devenir Polotre ! »

Caroline était assurément devenue folle. Ces gens lui avaient fait perdre la tête. Elle avait enlevé sa cagoule et avançait vers Mikaëlle, les bras levés, comme prête à crier au scandale.

Exaspérée au plus haut point, Mikaëlle jugea finalement que la plaisanterie avait dépassé les bornes.

« Je veux rentrer à la maison immédiatement ! »

Elle n'avait pu s'empêcher de hausser le ton et de taper du pied.

« Elle s'énerve ! s'écria Caroline, effrayée. »

Immédiatement, Ti Féfé tira de sa poche un sifflet dans lequel il souffla. Le résultat ne se fit pas attendre. Toute une cohorte de personnages en blouse et cagoule envahirent les lieux et s'emparèrent de la rebelle.

« Maîtrisez-la ! ordonna le Maître. L'exorcisme va bientôt commencer. »

La captive ne se sentait pas de taille à lutter. Qu'aurait-elle pu faire, d'ailleurs, contre deux douzaines de brutes robustes et fanatiques ? Elle eut un petit rire amer tandis qu'on lui liait bras et jambes et qu'on l'allongeait sur la natte.

« Un exorcisme ? Laissez-moi rire ! Peut-on délivrer le Diable de lui-même ? »

Sa voix se cassa. Puis, après un moment, se débattant avec force, elle recommença à rire de plus belle, d'un rire démentiel. Bientôt, elle se retrouvait de nouveau seule. Son regard rencontrait constamment les trois billes noirâtres abandonnées sur la terre battue. Sa vue ne tarda pas à se brouiller. Elle pleurait.

« Que va-t-il advenir de moi ? Ces fanatiques sont capables de tout. Je ne peux pas me laisser faire ! »

Les préparatifs de la cérémonie devaient avoir commencé. La porte s'ouvrit, livrant passage à deux disciples de Ti Féfé. Mikaëlle aurait voulu voir leurs visages. Toutes ces cagoules émoustillaient sa curiosité. Le premier adepte disposa en cercle une douzaine de bougies noires autour de la prisonnière. Quant au second, on lui avait confié un énorme crucifix métallique. Comme il plantait la croix dans un coin de la salle, son acolyte quitta les lieux. Alors, d'un geste brusque, il enleva sa cagoule.

Mikaëlle ne put retenir un cri de surprise :

« Ralph ! »

Ce dernier coupait déjà les cordes qui retenaient la jeune fille à la merci des Confrères. Mikaëlle ne pouvait discerner la nature exacte des sentiments qui l'envahissaient. Elle eut d'abord très peur. Qui était Ralph ? Ne s'était-il pas transformé en une créature monstrueuse avec laquelle elle avait été aux prises ? N'était-il pas LA BÊTE ? Elle hésitait à lui faire confiance. Mais après tout, qu'avait-elle à perdre ? Si elle restait ici, son avenir demeurerait également incertain. Entre deux maux, elle devait choisir.

Mikaëlle fut bientôt libre. Décidément, Ralph n'arrêtait pas de la tirer des mauvais pas.

« Que fais-tu ici ? demanda-t-elle. »

Sa voix tremblait.

« Regarde, fit Ralph. »

Elle fit une grimace. Une large blessure couvrait l'épaule du jeune homme. La plaie était encore béante.

« Comme je lui barrais le passage, elle m'a mordu puis s'est relancée à tes trousses... Infatigable, j'ai continué ma course folle, poursuivant ton ennemie. Quand les deux hommes t'ont enlevée, j'étais tout près... Par un heureux hasard, un chauffeur de taxi passait, je l'ai arrêté. Voilà. »

Mikaëlle réalisa soudain que Ralph ne pouvait être LA BÊTE. Quand ils avaient découvert la masse informe sur la route, Ralph se trouvait avec elle dans la voiture. Peu de temps avant, il lui contait son histoire, ses hésitations... Alors ? Elle ne protesta donc pas quand le jeune homme lui saisit la main pour lui dire :

Cette explication, très succincte il est vrai, semblait sortir tout droit d'un roman. Comment y croire ?

« Il faut sortir de là. Vite ! »

Il remit prestement sa cagoule, puis passa la tête dans l'entrebâillement de la porte.

« La voie est libre. Allons-y ! »

Mikaëlle s'engagea après lui. Ils se trouvaient dans un souterrain et le passage était étroit. Les deux adolescents marchaient d'un pas très vif, dont le bruit était contenu par la terre battue. De temps à autre, ils se retournaient pour s'assurer que nul ne les suivait.

« Es-tu sûr du chemin à suivre ? s'informa Mikaëlle.

– Entends-tu ? »

La voix de Ti Féfé leur parvenait presque distinctement.

« Il est dans la salle de conférence, presque à l'entrée du souterrain. Il nous suffit par conséquent de suivre le son de sa voix. »

Ils accélérèrent le pas. Mikaëlle ne cessait de se poser des questions sur le comportement du jeune homme. Pourquoi Ralph s'était-il lancé dans cette aventure ? Comment expliquer son inlassable dévouement ? N'importe quoi pouvait lui arriver ! Aurait-elle agi de même à sa place ?

« Cache-toi ! »

Quelqu'un arrivait. Ralph ouvrit une porte et eut le temps de mettre à couvert sa compagne. Fort heureusement, il s'agissait d'une armoire à balais. A travers les interstices, l'écho d'une conversation parvint à l'évadée :

« Ami, pourquoi n'étiez-vous pas à notre conférence ?

– J'implore votre pardon, Maître. Je préparais la salle de cérémonie.

– Je comprends. Dans ce cas…»

La jeune fille entendit le Maître s'éloigner. Ralph rouvrit la porte, invitant Mikaëlle à sortir du réduit :

«Vite ! Vite ! Dépêchons-nous ! »

Il lui semblait apercevoir au loin les rayons du soleil.

« Vite ! répéta le jeune homme. »

Elle ne se trompait pas. Une trappe ouverte laissait passer la lumière du jour. Le garçon l'aida à grimper le petit escalier de bois qui menait au grand air. Il l'escalada ensuite à son tour. Puis, ils se mirent à courir à travers les arbres pour être certains de ne pas retomber dans les griffes des Confrères.

Bientôt, ils s'arrêtaient, à bout de souffle.

Comment avaient-ils pu échapper aussi facilement aux Confrères ? Le Maître devait avoir une confiance aveugle en ses disciples ! Tout de même, laisser à un étranger l'opportunité de se glisser aussi aisément dans son repaire !

C'était le mercredi des Cendres. Le soleil de midi éclatait dans un ciel dénué de nuages. Mikaëlle se demandait où ils se trouvaient. Ralph la renseigna :

« Nous sommes au Morne Calvaire. »

Elle regarda autour d'elle :

« Mais c'est vrai ! Je n'avais pas reconnu les lieux ! »

Ils descendirent bien vite le morne et peu après se trouvèrent non loin de la route de Kenscoff. Ils recommencèrent à marcher en vue de gagner la grand route. A la mi-journée, de nombreuses voitures remontaient vers Kenscoff. Les gens portaient encore leurs déguisements. Les festivités carnavalesques avaient été plus longues que prévu… Ralph arrêta une camionnette de transport public qui descendait vers Pétion-Ville.

« Où allons-nous ? demanda Mikaëlle tandis qu'ils prenaient place dans le véhicule bondé.

– Je ne sais pas vraiment. Où voudrais-tu aller ? »

Elle réalisa le danger qui la menaçait. Elle devrait se cacher désormais. La Confrérie du Lendemain serait bientôt à ses trousses. Rentrer chez elle serait stupide. Elle décida de rejoindre sa mère à Saint-Marc, le seul endroit à même de lui offrir la sécurité.

La camionnette les déposa à la station de Pétion-Ville.

« Que vas-tu faire ? questionna Ralph.

– Rejoindre ma mère. »

Elle prendrait un bus. Elle l'avait déjà fait auparavant. Pas toute seule, avec sa mère. Aujourd'hui, ce serait différent. Elle était seule. En cours de route, livrée à elle-même, tout pourrait arriver… Si elle avait espéré que Ralph lui proposerait de l'accompagner, elle fut déçue. Mais, n'en avait-il pas déjà fait assez ?

Il resta en sa compagnie jusqu'à l'heure de l'embarquement pour la province. Avant de monter dans le véhicule, Mikaëlle ne put contenir son élan. Elle serra le jeune homme très fort contre son cœur :

« Merci… Merci pour tout ! Je n'oublierai jamais… »

CHAPITRE DIX

« Ah, non ! gémit la jeune fille d'une voix lasse. »

C'était vraiment le comble ! Après vingt-quatre heures de péripéties bouleversantes et un trajet éreintant dans un bus inconfortable, elle trouvait à Saint-Marc visage de bois... La maison paraissait inhabitée... Où était donc passée sa maman et comment la joindre ? Décidément, elle n'était pas au bout de ses peines !

Incapable du moindre effort, elle se laissa lourdement tomber sur le perron. Que faire ? La chaleur l'accablait. Son visage dégoulinait de sueur et son pantalon lui collait aux jambes. Elle se sentait mal à l'aise et aurait voulu au moins se rafraîchir. Pauvre Mikaëlle !

Un petit chien qui se dorait au soleil vint lui lécher affectueusement la main en agitant la queue. Mikaëlle sourit de cette marque de sympathie et caressa le museau de l'animal qui se coucha à ses pieds. Elle pensa à Ti Plume et à Laurence... Des larmes embuèrent ses yeux... Plus que jamais, elle avait besoin de sa mère... Soeur Maria aurait pu la renseigner, mais la jeune fille n'avait nulle envie de revoir le Foyer de la Sainte Vierge qui lui avait si tristement marqué l'existence, une semaine et demie plus tôt.

Mikaëlle interrogea une jeune lavandière qui s'activait chez les voisins. Celle-ci ne lui fut malheureusement d'aucun secours. Elle venait à peine de prendre service...

La jeune fille se gratta le menton, signe de sa part de réflexion profonde. Mais déjà des bruits de pas la tiraient de ses pensées. Elle leva la tête et écarquilla les yeux. Adèle ! En chair et en os. Que venait-elle faire ici ?

Adèle ne manifesta aucune surprise de trouver sa belle-fille en fonction devant la maison.

« Où est ta mère ? s'informa-t-elle avec autorité. »

La jeune fille bailla et fit un geste vague de la main. Quand donc serait-elle à tout jamais débarrassée de cette sangsue ? Adèle avait très mal choisi son moment. Mikaëlle n'était nullement disposée à discuter, plus particulièrement avec cette femme qui lui rappelait tant de mauvais souvenirs... Tout ce dont elle rêvait quant à présent, c'était d'une bonne douche tiède et d'un lit douillet...

Adèle se croisa les bras, les yeux fulgurants. Mikaëlle eut soudain envie de rire. Sa belle-mère lui parut ridicule. Elle se croyait encore la femme de son père, et entendait se faire obéir à la lettre. Mais que pouvait maintenant sa belle-mère ? Elle lui faisait pitié. La jeune fille, entièrement libérée de son emprise, prit toutefois le parti de lui répondre. Plus vite elle en aurait fini, mieux ça vaudrait.

« Elle n'habite plus ici, lâcha-t-elle évasivement. »

Mais c'était vrai ! Sa mère avait déménagé ! Quelle guigne ! Comment avait-elle pu oublier un détail aussi important ?

Le visage d'Adèle exprima une forte contrariété :

« Elle a déménagé ? Allons donc ! La saison étant fraîche, peut-être a-t-elle été se réchauffer quelque part… Avec ses airs de sainte nitouche, ta petite allumeuse de mère… »

Mikaëlle l'interrompit :

« Que veux-tu insinuer ? »

Sa voix tremblait de rage. Adèle avait dépassé les bornes. Sa mère ! Comment osait-elle ? La poursuivre jusqu'à Saint-Marc et lui adresser de telles insultes… Mikaëlle aurait voulu pulvériser Adèle. Mais cette dernière continuait sur la même lancée :

« Hector s'est montré bien naïf… Se laisser embobiner par cette allumeuse…»

La jeune fille se sentie atteinte au plus profond d'elle-même. Tout ce que racontait Adèle était dicté par la jalousie. Elle en avait la conviction, mais ne put éviter l'humiliation de cette accusation blessante. D'un ton à peine convaincant, elle riposta :

« Tu enrages, Adèle, à cause de ta nouvelle situation… Mon père t'a chassée… Tu en veux à Maman…

– Ton père ? Laisse-moi rire… Mikou chérie, Hector n'est pas ton père ! »

Cette déclaration tomba à la manière d'une bombe. Mikaëlle en eut chaud et froid. Que racontait sa belle-mère ? Des larmes de frustration lui coulèrent le long des joues. Pourquoi cette désagréable conviction qu'Adèle ne mentait pas ? Ses jambes se ramollissaient, elle eut l'impression de défaillir… Les réminiscences de sa belle-mère lui parvenaient de très loin…

« Je suis persuadée que ta mère ne t'a jamais parlé de moi… Or, nous avons toujours été ensemble, ici à Saint-Marc, évoluant dans un même quartier, depuis l'enfance… Que sais-tu de ta mère, Mikaëlle ? Très peu de choses…

« Elle et moi avons été les meilleures amies du monde. Du moins, c'est ce que je croyais… Bientôt, je dus me faire à l'évidence : Margareth n'était qu'une aguicheuse… Hector et moi étions fous l'un de l'autre, elle le savait pour avoir partagé nos confidences, pour avoir été témoin de nos émotions. Elle était au courant de tout, pourtant elle devait me le voler… Une nuit de septembre, elle a été agressée dans les bois. Personne ne le sut, sauf moi… Deux mois plus tard, elle annonçait à qui voulait l'entendre qu'elle portait le bébé d'Hector… Que s'était-il passé exactement ? Nul ne le saura jamais…

Le mariage fut célébré. Entre ta mère et moi, tout était fini. Elle m'avait volé Hector. Mon Hector. L'homme de ma vie… Pourrai-je oublier un jour cette trahison ? Elle qui se disait mon amie ! »

La voix d'Adèle se cassa. Elle pleurait doucement. Mikaëlle, quant à elle, demeurait immobile, pétrifiée. Tout son univers semblait basculer… Sa vie n'avait été jusqu'ici qu'un tissu de mensonges. Hector, celui qu'elle avait longtemps appelé Papa, celui qui avait toujours pris soin d'elle, n'était pas son père. Qui donc l'était ? Le coeur de la jeune fille battait à tout rompre. Elle avait mal. Oui, très mal. La vie, brusquement, n'avait plus aucun sens à ses yeux. Elle aurait voulu disparaître. Son père n'était pas véritablement le sien… Qu'avait-elle fait pour mériter un tel châtiment ?

« Tu es passée à côté de la vérité. Tu te trompes, Adèle… Tu te trompes ! »

Mikaëlle fit volte-face. Sa mère se tenait devant la grille. La jeune fille se surprit une seconde à la détester. Elle l'avait trompée, trahie… depuis toujours… Pourquoi ? Cette question ne trouva aucune réponse dans l'esprit bouleversé de Mikaëlle. Margareth s'approcha d'elle et la prit dans ses bras. La jeune fille ne se dégagea pas de cette étreinte. Ebranlée, elle avait un grand besoin de réconfort et voulait avant tout oublier ce qu'elle venait d'apprendre.

« Mikaëlle, questionna anxieusement Margareth, as-tu jamais manqué de quelque chose ? »

La jeune fille fit un effort pour réfléchir. Au fur et à mesure, lui revinrent en mémoire les moments saillants de son enfance… Du plus loin que remontaient ses souvenirs, ses parents l'avaient toujours comblée… Même au plus fort de leurs mésententes, ils s'étaient arrangés pour la ménager… Elle n'avait à se plaindre ni d'Hector, ni de Margareth… Son univers à la rue Paul II s'était détérioré au second mariage de son père, avec l'arrivée d'Adèle…

« Non ! reconnut-elle d'une voix contrite. »

Cet après-midi, sa mère arborait un air désespéré qui lui était inhabituel. Elle lui rappelait quelqu'un… En dépit de ses efforts, Mikaëlle ne put trouver de qui il s'agissait…

Margareth se tourna vers Adèle :

« Entrons. Il faut vider le sac après tant d'années… Nous avons beaucoup à nous dire… »

La maison était vide. Seuls un piano délabré et un vieux canapé occupaient encore la salle à manger. Adèle prit place, les yeux rouges et les lèvres sèches. Mikaëlle s'installa entre les deux femmes. Margareth alluma nerveusement une cigarette. Quel étrange spectacle ! Margareth et Adèle devisant sur un même canapé… Après quelques bouffées, la mère de Mikaëlle toussa pour s'éclaircir la voix et commença le récit.

Vendredi 13 septembre 198… Tard dans la nuit, Margareth reprit connaissance. Elle avait mal partout. Elle porta la main à la tête. Elle tenta de se relever mais une profonde douleur la retint au sol. De nombreuses meurtrissures marquaient différentes parties de son corps et elle fut contrainte de rester immobile.

Un bruissement dans les arbres… La jeune fille soupira de soulagement lorsqu'elle vit se découper dans l'obscurité la haute silhouette d'Hector Saint-Pierre, son plus proche voisin. Le jeune homme accourut à ses côtés :

« Maggie ! Que s'est-il passé ? »

Ce ne pouvait être qu'un horrible cauchemar. Comment lui raconter la tragédie qu'elle venait de vivre ! Les traînées de boue sur ses jambes, sa robe presque en lambeaux, montraient l'évidence d'une agression… Le souvenir de l'affreuse apparition dans la nuit noire la fit frémir. Etait-ce possible ? Elle éclata en sanglots. Hector passa sur son front une main réconfortante et disciplina ses longs cheveux d'ébène.

« Viens. Rentrons, fit-il d'une voix douce. »

Il l'aida à retrouver son équilibre. Elle prit appui sur son épaule. Sa cheville endolorie rendait la marche fort difficile…

Depuis plus d'une année, Hector était l'ami de coeur d'Adèle. Margareh était pour cette raison assez proche de lui. Parfois, il arrivait au jeune homme de se comporter vis-à-vis de Margareth de manière assez équivoque. La jeune fille se demandait parfois si discrètement l'héritier des Saint-Pierre n'essayait pas de la courtiser. Elle ne s'était pas arrêtée à cette idée, ayant décidé qu'elle se faisait des illusions et craignant par-dessus tout de blesser Adèle, son amie de toujours. Cette dernière avait dressé pour Hector une place importante dans son coeur et ne cessait de vanter les charmes de son amoureux. Margareth, pour la taquiner, l'avait surnommée *Madame Hector*…

Bientôt les deux adolescents quittaient les bois et parvenaient en vue de la maisonnette rustique de l'oncle Jean. Hector frappa timidement à la porte.

« Qui est-ce ? s'informa une voix bourrue.

– Margareth, répondit craintivement la jeune fille.

– Qui est avec toi ?

– Hector Saint-Pierre... »

L'homme ouvrit la porte et, avant même que Margareth ne pût comprendre ce qui lui arrivait, elle fut brutalement saisie au collet et secouée avec rage. Hector essaya de s'interposer et de placer quelques mots mais l'oncle Jean, d'un coup de pied, lui claqua la porte au nez.

« Toutes ces années passées à t'enseigner la morale n'ont finalement servi à rien. Tu te comportes à la manière des filles de rue... Regarde dans quel état tu te présentes chez moi... et avec un homme... Quelle heure est-il, hein ? J'ai perdu et mon temps et mon argent... »

Une gifle cinglante suivit ces paroles. Margareth tomba à la renverse et s'étendit de tout son long sur le tapis. Dans sa colère, l'oncle Jean ne porta aucune attention aux profondes entailles qui marquaient le corps de la jeune fille. Margareth gémit faiblement... L'homme, exaspéré, s'empara d'une cravache et frappa rageusement sa nièce. La jeune fille n'en pouvait plus. Elle avait tellement déjà souffert que son corps paraissait anesthésié. Elle réagissait à peine aux coups infligés, ce qui incita son oncle à prolonger le supplice.

Quand l'oncle Jean mit fin au châtiment, Margareth ne le réalisa pas tout de suite. Elle avait les yeux fermés et les mains crispées. Son oncle la regardait avec mépris, ainsi que l'on traitait une pestiférée. Quand la jeune fille se retrouva dans sa chambre, elle entendit la clé tourner dans la serrure... Son oncle l'enfermait... Elle était prisonnière... Pour combien de temps ?

Margareth resta cloîtrée pendant plusieurs semaines. La cuisinière Manzè lui apportait régulièrement ses repas et l'avisait quelques fois des inquiétudes de sa mère. Cette dernière, ignorant tout du drame, se plaignait de ne plus voir sa fille le dimanche, alors qu'elle continuait à lui préparer ses plats préférés. Il avait en effet été convenu que chaque dimanche, Maggie irait passer la journée avec sa mère. La jeune fille était curieuse de connaître le prétexte inventé par son oncle pour calmer les appréhensions de sa soeur.

Un certain vendredi, la prisonnière se résigna à faire face à la réalité. Elle avait espéré tout au long des semaines passées s'être trompée mais maintenant plus aucun doute n'était possible. Elle portait un enfant… Cette horrible chose… qui ne devait avoir rien d'humain… On aurait dit qu'elle commençait à la sentir bouger au fond de ses entrailles…

Elle perdit sommeil et appétit… Manzè, dans un premier temps, ne s'aperçut de rien car la jeune fille attendait son départ pour se débarrasser de la nourriture… Au fur et à mesure, Margareth s'enferma dans un silence de mort. La mort… Oui, la recluse préférerait mourir que d'avoir à affronter son oncle… et cette créature de l'enfer qui évoluait dans son sein pour naître dans quelques mois… Un destin cruel avait placé Margareth sur le chemin du monstre. Sa vie était détruite. Plus jamais elle ne verrait les fleurs, les oiseaux avec la même innocence…

Manzè la trouva un beau matin étendue sur le parquet. La jeune fille avait perdu toute couleur et délirait. La cuisinière, effrayée, poussa un cri strident qui alerta l'oncle Jean. Celui-ci, pris au dépourvu, fit avertir les voisins. Les Saint-Pierre accoururent bien vite et conduisirent Margareth à l'hospice de la Sainte-Vierge.

La jeune fille resta longtemps dans une semi-inconscience. Elle paraissait si faible que, lorsqu'elle s'endormait profondément, Manzè craignait le pire… Il lui arrivait de parler dans son sommeil… Ainsi, un soir, l'oncle Jean apprit qu'elle était enceinte... Il fonça immédiatement chez Hector. Madame Saint-Pierre le reçut avec inquiétude car la nuit était profonde et la demie de dix heures sonnait à l'horloge du rez-de-chaussée.

« Que se passe-t-il, Jean ?

– Il se passe, Simone, que ma nièce est enceinte et que votre fils est le père de l'enfant… »

Simone Saint-Pierre ne put supporter le choc. Elle s'évanouit… Quand elle reprit ses esprits, son époux avait déjà longuement discuté des dispositions à prendre avec l'oncle de Margareth. Il fut décidé que les deux jeunes gens seraient mariés au plus vite.

L'oncle Jean était satisfait. Depuis le désastre financier qui avait perturbé le foyer de sa soeur Fernande, l'hébergement et l'éducation de sa nièce lui étaient tombés sur les bras. Jusqu'ici, il s'était acquitté, à contre-coeur, de ce *devoir*. Ce mariage venait tout arranger car les Saint-Pierre jouissaient d'une situation confortable dans la ville. L'oncle Jean pourrait donc respirer et reprendre ses anciennes habitudes de célibataire.

Sitôt sortie de l'hôpital, Margareth se mariait à Hector. La jeune femme n'avait raconté à personne ce qui s'était réellement passé dans les bois, la nuit du drame. Qui pourrait accorder crédit à une telle histoire ? Elle parla simplement d'agression et les mauvaises langues chuchotèrent qu'elle s'était arrangée avec son amoureux pour faire avancer la date du mariage… Adèle avait été la seule à accepter sa version de l'incident… mais tout changea lorsqu'elle apprit que son amie épousait Hector, oui Hector, son Hector. La vérité lui échappa. Margareth n'aurait pas dû lui enfoncer ce couteau dans le cœur… Elle se mit à détester son amie et se jura de lui reprendre Hector un jour…

L'enfant naquit au début du mois de juin. Hector était retenu à Port-au-Prince pour affaires et ses parents effectuaient un voyage d'agrément en Europe. Une terrible maladie avait emporté l'oncle Jean et la mère de Margareth avait été hospitalisée à la suite d'une embolie pulmonaire. Seule Manzè assista la jeune femme. Quand l'infirmière apporta l'enfant dans la chambre, la jeune mère refusa de le prendre dans ses bras et même de regarder son visage. La progéniture d'un monstre devait être nécessairement de la même espèce… Elle remarqua cependant une longue tâche, couverte de poils, qui balafrait le dos de sa fille. On aurait dit une queue de serpent. Elle n'arriva plus à se calmer…

Margareth réclamait sans arrêt des somnifères. Elle aurait voulu dormir et ne jamais plus se réveiller. Comme elle continuait à s'agiter et à souffrir d'insomnie, les médecins la gardèrent à l'hôpital. On ne lui apporta plus la petite Mikaëlle qu'elle repoussait avec une farouche détermination. Ainsi, la jeune mère ignorait tout de sa fille qu'elle s'obstinait à mépriser. Quand elle quitta l'hôpital, ce fut Hector qui porta le bébé. Il était revenu le jour même de la capitale. Il contemplait Mikaëlle avec adoration, ce qui ne manqua pas de surprendre Margareth. A le voir avec l'enfant, on l'eût vraiment pris pour son père.

« Comme tu es jolie, mon ange ! Papa va prendre soin de sa fille chérie ! »

Il tint parole. Respectant les répulsions de sa femme à l'endroit du bébé, il apprit à s'occuper de Mikaëlle, la berçant, lui donnant à manger, évitant de la laisser seule avec Margareth. Tout marchait à merveille entre le « père » et l'enfant… La mère, quant à elle, maintenait les distances…

Une nuit cependant, Margareth dut faire face à ses responsabilités. Hector s'était endormi avec une forte fièvre et le bébé n'arrêtait pas de crier. La jeune femme se vit dans l'obligation de se lever. Elle s'approcha du berceau avec appréhension et, pour la première fois, ses yeux découvrirent le visage joufflu de sa fille. Elle avait un bien joli minois et paraissait un bébé normal. Une certaine émotion gagna la mère…

Le bébé pleurait. L'heure était venue de lui donner sa ration. Margareth sentit une terrible souffrance lui vriller le coeur. Malgré elle, la jeune femme prit l'enfant pour lui offrir le biberon… Mais tandis qu'elle reposait Mikaëlle dans son berceau, la jeune femme poussa un cri de stupeur. Le dos du bébé était vierge de l'affreuse tâche… Ce bébé n'était pas le sien ! Une main bienfaitrice avait éloigné le mal de sa maison…

« Qu'y a-t-il ? »

Hector s'était réveillé et fixait Margareth dans la demi-obscurité.

« Rien, fit-elle d'une voix à peine audible. »

Hector se leva et prit place aux côtés de sa femme.

« N'est-ce pas qu'elle est jolie, notre petite Mikaëlle ? »

« Mon Dieu, murmura intérieurement Margareth. C'est sans doute ta volonté ! Merci d'avoir éloigné Satan de ma demeure… »

Reconnaissante, Margareth enfouit cette histoire au fond de sa mémoire, se jurant de ne jamais révéler à quiconque son terrible secret. Petit à petit, elle s'attacha à Mikaëlle, une petite fille tellement douce, tellement intelligente, qui apportait du soleil dans la maison… Au fil des années, elle se persuada que ce bébé lui était tombé du ciel et ne cessa de remercier le Tout-Puissant de l'avoir si merveilleusement comblée !

Mikaëlle, bouleversée, n'arrêtait pas de pleurer… Elle était subitement dépouillée de tout… Plus jamais elle ne pourrait être la même… D'ailleurs, pouvait-elle s'appeler encore Mikaëlle Saint-Pierre ? Qui était-elle exactement ? La jeune fille ne savait comment réagir et ne trouvait pas les mots pour exprimer ses sentiments… Dix-huit ans… Dix-huit ans passés à chérir une famille qui n'était pas véritablement la sienne, et tous l'avaient confortée dans cette illusion… jusqu'à sa mère. Mais justement, elle n'était pas sa mère… La jeune fille se leva d'un bond. Margareth la força à se rasseoir. Pourquoi ? Crier l'aurait soulagée, aurait délogé la souffrance qui la rongeait. C'était si long dix-huit ans ! Toute une vie… Mikaëlle voyait sa mère sous un jour nouveau… Aucun lien n'existant entre elles deux, Margareth devenait une parfaite inconnue… Elle se prit à imaginer cet homme et cette femme qui lui avaient donné le jour, qui auraient dû la chérir, changer ses langes… Les rencontrerait-elle jamais ?

Ce n'était pas du tout comme dans les films de cinéma où, les deux amies, émues de se retrouver, sautaient dans les bras l'une de l'autre. Margareth et Adèle ne se connaissaient plus et n'avaient donc rien à se dire… Aucun sentiment ne les liait désormais. Même pas la haine. Leurs routes s'étaient écartées pour ne plus se croiser…

Adèle avait enfin compris le drame de Margareth et mesuré du même coup l'inconstance d'Hector. Ce dernier avait sans doute cru l'aimer mais avait été par la suite véritablement amoureux de Margareth… Quand Adèle et le père de Mikaëlle s'étaient revus, par hasard, peu après le divorce de Maggie, ils avaient rebâti leur vie sur des rêves et des souvenirs d'adolescence à tout jamais volatilisés…

On frappa. Margareth se leva, apparemment ennuyée d'être dérangée. Qui cela pouvait bien être ? Elle ouvrit…

Caroline se tenait sur le perron. Elle déclara :

« C'en est fait de la dernière Cynale. »

CHAPITRE ONZE

Caroline entra. On la devinait résolue à aller jusqu'au bout pour défendre une position… La pièce était plongée dans la pénombre du crépuscule. De rares rayons orangés dansaient encore sur les carreaux des vitres… Le soleil se couchait. Margareth referma la porte et alluma un petit fanal abandonné sur le plancher. Mikaëlle demeurait immobile, perdue dans un autre monde… Les Confrères l'avaient retrouvée, plus vite que prévu. Ainsi, Saint-Marc n'avait présenté aucun obstacle à leurs investigations. Désormais, elle leur était livrée, pieds et poings liés. Quel cauchemar !

Caroline s'approcha de Mikaëlle, esquissant un sourire pour la mettre en confiance. Mikaëlle ne bougea pas d'un pouce. Un profond épuisement se lisait sur son visage. Des péripéties, elle en avait vécu jusqu'à cet après-midi ! Une longue suite de tragédies n'avait cessé, ces derniers temps, de chambarder impitoyablement son existence. Elle aurait voulu faire un pas en arrière pour rectifier le cours des événements… Tout avait commencé avec l'accident de sa grand-mère…

Le timbre à la fois autoritaire et persuasif de sa cousine la ramena à la réalité :

« Les données ont changé. Tu dois rentrer à Port-au-Prince ce soir même…

– Et pourquoi ? fit l'interpellée d'un ton las.

– Ton destin est lié aux prochains bouleversements. Très bientôt, Satan sera à nos portes et tu es la seule à pouvoir l'affronter… La révélation en a été faite au Maître ce matin.

– Du nouveau, alors ? Je ne suis plus Polotre ?

– Non, tu n'es pas Polotre, reprit doucement Caroline. Une erreur s'était glissée dans nos recherches… Aujourd'hui, nous sommes convaincus que tu as été choisie pour arrêter le Mal. Tout ce que tu auras à faire sera d'écouter ton coeur et de surmonter tes plus grandes frayeurs… »

« Mon Dieu ! se surprit à invoquer Mikaëlle. Faites que je me réveille… Je n'en peux plus… Je n'en peux vraiment plus… »

Un moment plus tard, la jeune fille se levait, résolue. Cette histoire n'avait que trop duré. Il lui fallait y mettre un terme et elle était prête à tout pour y parvenir. Si le prix à payer devait être cette ultime épreuve, pourquoi ne pas l'accepter ?

D'une voix convaincue, elle décida :

« Eh bien, puisqu'il le faut, rentrons… »

Margareth, effondrée, leva les bras au ciel. Sa fille… mêlée à tout ce drame… Qu'avait-elle fait pour mériter un tel châtiment ? La malédiction continuait à la poursuivre… Sa voix était déformée par l'émotion :

« Jésus, Marie, Joseph ! Pouki se pitit mwen ki pou fè bagay sa-a ? »

Mikaëlle fronça les sourcils. Décidément, aujourd'hui, sa mère lui rappelait étrangement quelqu'un… Mais qui ? N'ayant plus le temps d'y réfléchir, elle franchit la porte à la suite de Caroline…

De rares lampadaires éclairaient le quartier. Une agréable odeur de marinades et d'akras embaumait l'atmosphère mais les deux adolescentes étaient trop préoccupées pour y prêter attention… Une voiture noire attendait au coin. Pour un voyage sans retour, peut-être ! Cette idée macabre effleura l'esprit tourmenté de Mikaëlle alors que Wakim, d'un geste machinal, débloquait les portières et redressait les sièges. Les deux jeunes filles prirent place… Mikaëlle ne se retourna pas, voulant éviter les regards désespérés de sa mère qui la suppliait de rester à Saint-Marc… Ne devait-elle pas faire face à son destin ? Elle le devait.

Bien que fatiguée à l'extrême, elle garda les yeux grands ouverts, tout au long du trajet. Les paupières mi-closes de Caroline laissaient l'impression qu'elle était plongée dans une profonde méditation. Toutefois, à l'arrivée de Mikaëlle, elle n'eut aucun mal à se remettre d'aplomb pour lancer une dernière recommandation à sa cousine :

« N'oublie pas : Écoute ton coeur et surmonte tes plus grandes frayeurs… »

Une voiture de police était garée devant la maison des Saint-Pierre. Des hommes en uniforme, munis de lampes de poche, inspectaient les lieux. Ti Plume, surexcité, n'arrêtait pas d'aboyer. Un des policiers lui assena un coup de pied et ce fut le calme. Mikaëlle, choquée sur le moment, réalisa en peu de temps qu'elle et Caroline devaient être à l'origine de tout ce branle-bas. En effet, toutes les deux étaient sans doute portées disparues… Elle hésita un instant avant de frapper à la barrière. Le policier qui vint ouvrir parut intrigué en l'entendant décliner très naturellement son identité :

« Je suis Mikaëlle Saint-Pierre. J'habite ici. »

Sidéré, il l'accompagna à la salle à manger, n'osant croire qu'il s'agissait bien d'une des deux jeunes filles qui leur avaient coûté tant de recherches et de déplacements infructueux. Saisissant un bloc-notes, il se préparait à lui réclamer les moindres détails relatifs aux vingt-quatre heures de sa disparition…

« Mikaëlle ! »

C'était Laurence. Elle dévalait l'escalier :

« Oh, Mikaëlle ! Où étais-tu donc passée ? »

Des larmes de soulagement coulaient sur ses joues. Elle ne pouvait contenir son émotion. Mikaëlle en fut touchée et se reprocha d'avoir été si égoïste. Le souci de se soustraire au fanatisme des Confrères avait primé sur l'obligation de prévenir les amis et les proches… Bien sûr, elle aurait pu demander à Ralph de calmer, tout au moins, les inquiétudes de son père…

« Nous nous sommes fait un sang d'encre pour toi. Que t'est-il arrivé ? Mais, tu as le front en compote ! »

Mikaëlle se retint. Qui croirait une histoire aussi rocambolesque ? Elle décida de contourner une bonne partie des événements. D'ailleurs, sans le savoir, Laurence lui offrait une échappatoire.

« Tout est encore si flou dans ma tête… Mes derniers souvenirs me ramènent dans une foule en délire où je reçois un violent coup sur la tempe… puis c'est un trou… J'ai dû m'évanouir. Quand j'ai repris conscience, je me trouvais allongée sur un banc du Champ-de-Mars… Quelqu'un m'y avait sans doute transportée. Depuis combien de temps ? Après une demi-heure d'hésitation et d'interrogation silencieuse, un peu lasse, j'ai pris un taxi… et me voilà… »

Le policier essayait d'établir son rapport… Laurence courut avertir Monsieur Saint-Pierre du retour de sa fille. Bientôt, le père de Mikaëlle se retrouvait à ses côtés. Son père… Pourrait-elle le considérer comme tel désormais ? Elle eut soudain envie de le faire souffrir, en lui crachant au visage les confidences de Margareth… Elle serait curieuse d'analyser sa réaction… Et quand Hector la pressa sur son coeur, elle resta de glace. Comment avait-il pu l'étreindre toutes ces années en l'appelant *mon ange* ? Comment avaient-ils tous pu lui mentir ?

Mikaëlle dut répéter la relation des événements. Les gens qui entraient et sortaient étaient à la fois curieux et perplexes. Un point du récit leur paraissait troublant : la police avait brassé toute la ville, fouillé les moindres recoins, sans résultat… pendant ce temps, la disparue, gentiment étendue sur un banc d'une place publique, dormait tranquillement… Incroyable !

A la fin, craignant de se contredire, Mikaëlle dut s'avouer rompue et monta se coucher. Laurence l'accompagna. Comme elle s'enfouissait sous les couvertures, l'étrangère lui redressa les oreillers et d'une voix affectueuse murmura à son adresse :

« Mikaëlle, je suis heureuse de te revoir. Ces dernières heures ont été infernales car j'ai bien cru que tu ne reviendrais jamais ! »

Mikaëlle sourit tristement :

« Oh, Laurence ! Si tu savais… Je suis tellement malheureuse… »

La Française entoura du bras l'épaule de son amie, en s'asseyant à ses côtés. Après tant d'émotions, comment ne pas se sentir vidée ! Mikaëlle paraissait au bord des larmes et très secouée :

« Ils m'ont menti, Laurence… Ils m'ont menti ! Durant toutes ces années, ils m'ont laissé croire que j'étais leur fille et je ne le suis pas. Me comprends-tu ? »

Laurence sursauta :

« Mais tu t'égares, Mikaëlle. Que racontes-tu comme ça ?

– J'ai caché la vérité tout à l'heure, avoua la jeune fille. J'étais jusqu'à Saint-Marc ce matin. Avec ma mère. Elle a tout déballé. Comprends-tu l'horreur de la chose, Laurence ? Je ne suis pas leur fille ! »

Laurence ne savait que dire, mais la compassion se lisait sur son visage.

Mikaëlle se dégagea brusquement :

« Je ne veux pas de ta pitié ! »

Laurence se sentit blessée. Mikaëlle regretta son geste :

« Excuse-moi. Je suis un peu bouleversée. Tu comprends ? »

Laurence hocha la tête. Elle devait repartir le lendemain pour Saint-Domingue. Son père l'y attendait. Elle se culpabilisait d'être obligée d'abandonner son amie dans des circonstances aussi éprouvantes… Mikaëlle aurait tellement besoin de sa présence ! Le passage en Haïti de Laurence l'avait, dès la première soirée, marquée d'un sceau spécial. Rien ne lui avait été épargné… Ce pays montrait un aspect envoûtant qui n'avait cessé de l'accaparer… Elle s'était promis d'y revenir pour un plus long séjour…

Mikaëlle se sentait exploser à l'intérieur, mais elle s'efforça de contenir ses larmes. Elle devait se montrer forte. Un mélange d'appréhension et d'espoir se superposait dans son esprit, à la pensée du rôle qui lui avait été assignée… Caroline s'était révélée très convaincante, cet après-midi à Saint-Marc… Mais, en fait, pourquoi elle ? Sentant brusquement le besoin d'exorciser le passé, elle se tourna vers Laurence :

« N'évoquons plus ces mauvais souvenirs. D'accord ? Tant d'autres sujets mériteraient notre attention.

– Me permets-tu une question indiscrète ? demanda Laurence.

– Vas-y.

– Quel est le véritable problème avec Frédérique ? J'ai cru comprendre qu'elle a été jusqu'à la semaine dernière une amie très proche de toi si ce n'est la meilleure… Elle s'inquiétait pour toi… Tu devrais l'appeler…

– Frédérique ?

– Oui. Elle n'a cessé de téléphoner hier et ce matin pour demander de tes nouvelles. A mon avis, elle serait soulagée d'apprendre que tout va bien pour toi. »

Mikaëlle baissa la tête et parut réfléchir. A la vérité, l'attitude de Frédérique ne la surprenait pas outre mesure. Le Mardi-Gras, elle avait quand même tenté un rapprochement… Au fil des confidences, Mikaëlle finit par reconnaître que le vrai problème n'était pas l'égoïsme, encore moins l'indifférence de son ex-amie, mais l'attirance que Ralph lui avait avoué ressentir à l'endroit de Frédérique. En réalité, cette dernière n'avait rien fait pour encourager le jeune homme. Au contraire !

Mikaëlle réalisait tout à coup que Ralph était à l'opposé du type de garçons qui faisait battre le coeur de son amie. Frédérique manifestait une certaine hostilité aux avances des charmeurs à succès et physiquement, ses préférences allaient aux jeunes hommes à la peau foncée et aux cheveux crépus. Aux Haïtiens natif-natal en quelque sorte. Mikaëlle prenait du même coup conscience de son attitude intolérante. Il lui fallait réparer au plus vite et elle avait terriblement envie de revoir Frédérique, d'entendre ses éclats de rire, ses excès de langage, ses remarques ironiques… Comment avait-elle pu ignorer une personnalité aussi éclatante ? Les petites plaisanteries, les prises de position, l'appui affectueux de Frédérique lui manquaient…

« Écoute ton cœur, avait souligné Caroline. »

Or, son coeur, ce soir, était tout rempli de bons moments passés en compagnie de Frédérique. L'attirance de Mikaëlle pour Ralph l'avait aveuglée. Elle en prenait conscience ce soir.

« Ces derniers temps, je ne me sentais pas vraiment moi-même, expliqua-t-elle à Laurence. Mon comportement s'en est ressenti. Je ne sais pas si ce que j'ai fait est réparable.

– Si tu veux mon avis, il est encore possible de sauver ton amitié avec Frédérique. Parle-lui franchement et elle comprendra. »

Mikaëlle hocha la tête. Laurence avait raison. Elle devait rencontrer Frédérique au plus tôt. Pourquoi pas demain, après les cours ?

La présence de l'étrangère était fort apaisante. Les deux jeunes filles passèrent une bonne partie de la soirée à s'entretenir de choses et d'autres. Mikaëlle en oublia presque ses problèmes. Le lendemain, accompagnée de son père, elle conduisit sa correspondante à l'aéroport. Les deux amies se quittèrent les larmes aux yeux.

« Je t'appelle ce soir, d'accord ? promit Laurence avant de disparaître dans la foule des voyageurs. »

Une demi-heure plus tard, les Saint-Pierre reprirent la route pour retourner à leurs activités. A l'école, Mikaëlle évita Frédérique. Elle avait décidé de ménager un entretien avec elle cet après-midi, dans une ambiance neutre, en dehors de toute curiosité. Malheureusement, Jenny lui fit comprendre que juste après la classe, les élèves de Rhéto se rendraient à la piscine. Le projet de Mikaëlle devait par conséquent être remis au lendemain. La jeune fille prétexta une forte migraine pour rentrer chez elle. Perdue dans ses pensées, elle se dirigea vers la sortie.

« Mikaëlle ! »

Elle leva les yeux, surprise. C'était bien Ralph, plus beau que jamais dans un pull-over bleu. Il était tout sourire au volant de sa RAV4 et faisait de grands gestes à l'adresse de la jeune fille. Tandis qu'elle allait à sa rencontre, elle eut conscience des nombreux regards braqués sur eux. Elle sentit le sang lui monter au visage…

« Je t'ai aperçue ce matin sur la route de Tabarre, lança-t-il une fois qu'elle fut à sa hauteur. J'ignorais que tu étais de retour. Je te ramène chez toi ? »

Elle acquiesça. D'une part, le soleil lui brûlait le visage. De l'autre, la compagnie de Ralph l'enchantait.

« Pourquoi es-tu revenue si vite ? s'étonna-t-il, une fois la voiture mise en marche. Après ce qui s'est passé, tu prends des risques énormes. Ne le penses-tu pas ? »

Mikaëlle détourna la conversation pour ne pas continuer sur cette lancée :

« Quel bon vent t'amène devant l'école, cet après-midi ?

– J'avais envie de te voir, de te parler. Tu comprends ? »

Toujours aussi charmeur, pensa Mikaëlle dont le coeur battait pourtant la chamade.

« Non, je ne comprends pas…

– Dis plutôt que tu ne veux pas comprendre. »

Elle aurait voulu lire dans ses pensées. Il semblait tellement sérieux ! Il avait parlé calmement et d'une voix monocorde… Une sensation de gêne envahit la jeune fille qui retraçait dans sa mémoire les faits et gestes du jeune homme dans la soirée du Mardi-Gras… Tant de choses les avaient séparés puis rapprochés… Ralph avait deviné ses réels sentiments… Alors pourquoi lui posait-il ces questions embarrassantes ? Etait-ce pour se moquer d'elle ?

Ne sachant quoi répondre, elle se tut. Les deux jeunes gens se dévisagèrent durant quelques minutes qui leur semblèrent une éternité.

Finalement, Ralph rompit le silence :

« Le soir du bal masqué, je t'ai fait des confidences qui à l'époque me paraissaient d'une importance extrême. J'aspirais au Grand Amour et ne pouvais malheureusement identifier cet idéal. T'en souviens-tu ?

– Bien sûr. Tu hésitais entre Frédérique et Patricia.

– A ce moment, j'étais troublé sans trop savoir pourquoi. En face de toi, je me sentais bouleversé. Il me fallait prouver quelque chose, me valoriser. Aujourd'hui, tout est clair. Je sais ce que je veux, Mikaëlle Saint-Pierre. Serais-tu curieuse de recevoir, une nouvelle fois, mes confidences ?

– Pourquoi ? demanda la jeune fille d'une voix mal assurée. »

Ralph se tourna brusquement vers Mikaëlle :

« Ne me rends point la tâche plus difficile. Tu as déjà deviné ce que tu représentes pour moi. Je t'aime, Mikaëlle. »

Cette déclaration la remuait profondément. Elle aurait voulu clamer son bonheur mais une certaine angoisse l'en empêchait. Les choses devenaient trop faciles et suscitaient la méfiance… Ralph l'aimait… Ce ne pouvait être possible !

« Et Patricia ? Que vas-tu faire d'elle ?

– Je ne sais pas encore. Demande-moi de la laisser tomber et je le ferai.

– Pardon ? »

Une vive colère bouillonnait en elle. Ralph n'était donc qu'un coureur de jupons ? Il se montrait vraiment cruel à l'endroit de Patricia qu'il prétendait aimer dans un passé pas trop lointain… La voiture s'arrêta à quelques mètres de la maison des Saint-Pierre. Avant même que Ralph eût pu faire un geste, Mikaëlle descendit de la RAV4 et poussa violemment la portière qui se referma avec fracas.

Le jeune homme descendit à sa suite :

« Mikaëlle ! Attends ! Donne-moi au moins une chance… S'il te plaît ! »

Elle ne se retourna même pas et courut presque jusqu'à la barrière. Bientôt, elle disparaissait de sa vue. Il resta un long moment l'air ébranlé et indécis.

Une fois dans sa chambre, Mikaëlle donna libre cours à ses émotions. Les larmes lui coulèrent abondamment et elle hoquetait. Sa conversation avec Ralph lui laissait un sentiment d'insatisfaction et de culpabilité. Elle avait réagi fort négativement à la déclaration d'amour de celui qui représentait pour elle le Prince Charmant… Mais le jeune homme devait avoir un coeur d'artichaut puisqu'il pouvait aimer deux jeunes filles à la fois et, d'une semaine à l'autre, affirmer à une troisième qu'elle symbolisait la femme idéale… Au souvenir des aveux de Ralph, elle s'étonna de s'être montrée aussi indifférente. Elle ne savait donc pas ce qu'elle voulait… Après avoir nourri pendant plusieurs semaines le rêve d'un sentiment partagé avec l'homme de sa vie, voilà qu'aujourd'hui, impulsivement, elle refusait cet amour… Il y avait lieu de se demander si après tous ces événements elle n'avait pas un peu perdu la tête.

Pourtant, ses sentiments demeuraient aussi vivaces et, déjà, elle avait envie de revoir le jeune homme… Il l'aimait… Allons donc ! Au souvenir de sa voix chaleureuse, une douceur infinie la gagna et lui réchauffa le cœur… Mais désormais, elle devrait se résigner à garder scs distances... N'avait-elle pas manifesté une certaine morgue à la déclaration de Ralph ? Quelle ingratitude après tout son dévouement pour la sortir des mauvais pas ! Elle essaya de dormir. En dépit d'une très grande fatigue, elle n'arriva guère à fermer l'oeil et ses pensées s'embrouillaient. Que faire ?

Elle était seule à la maison. C'était le jour de sortie de Jésula et son père tardait à revenir du bureau. L'horloge, dans un grincement, égrenait impitoyablement les heures. Bientôt, il faisait nuit. Les chiens, inlassablement, hurlaient aux alentours. On aurait dit des loups-garous… Mikaëlle, fort mal dans sa peau, descendit regarder la télé au salon. Où donc était son père ? Elle entendit un bruit à la barrière. Etait-ce Hector ? Elle se porta à la fenêtre mais ne put distinguer aucune forme dans l'obscurité. Au même instant, les lumières s'éteignirent. Black-out. La jeune fille avait terriblement peur. Retenant son souffle, elle demeura immobile, n'osant faire un geste dans cette noirceur d'enfer. La brise du soir s'infiltrait à travers les interstices et avec elle, une puanteur de cauchemar…

CHAPITRE DOUZE

Mikaëlle emprisonnait son souffle. Elle se laissa glisser sans bruit sur la moquette en s'adossant au canapé. La sonnerie du téléphone retentit comme à travers un cumulus. Bientôt, le répondeur automatique se mettait en marche. La voix sèche d'Hector Saint-Pierre résonna désagréablement :

« Vous téléphonez chez Monsieur et Madame Hector Saint-Pierre. Nous ne sommes pas là pour l'instant. Laissez votre message après le signal sonore. »

Un *bip* s'ensuivit, qui fut bien vite relayé par la voix de Ralph :

« Mikaëlle, je dois absolument te parler. Je comprends parfaitement que tu m'en veuilles, mais je t'en prie, téléphone-moi à ton retour. J'attendrai ton appel… »

Le silence se rétablit. Tels ceux d'un animal aux abois, les yeux de Mikaëlle tentaient de percer la profondeur des ténèbres. Un craquement… LA BÊTE se rapprochait. La jeune fille pouvait l'entendre se mouvoir. Une sueur glacée sillonna les tempes de Mikaëlle. Etait-il possible de fuir ? En dépit du regain de courage qui aurait dû l'aguerrir, Mikaëlle ne pouvait s'empêcher de frémir et d'avoir peur. La résistance s'annonçait rude… A quatre pattes, Mikaëlle, en quête d'une issue, contourna à plusieurs reprises le canapé… Son coeur tambourinait dangereusement…

Quelques rayons de lune drapaient discrètement la rampe polie de l'escalier. L'escalier… La jeune fille y vit un abri salutaire et se rua vers les marches. Dans sa course effrénée, elle heurta un obstacle contondant et chuta lamentablement. Le plancher craqua de manière effroyable. Méprisant sa douleur, Mikaëlle rampa à reculons pour atteindre le couloir, à l'étage. Soudain… elle discernât une paire d'yeux rouges qui la scrutaient avec cruauté. LA BÊTE se tenait à quelques mètres.

« Non… Non, hoqueta la jeune fille, les yeux agrandis par l'horreur. »

Elle se traîna jusqu'à la porte de Caroline qu'elle ouvrit d'une main fébrile.

« Je dois la verrouiller. Oui, je dois la verrouiller, se disait-elle. »

Mais ses membres ne répondaient plus… Comme médusée, incapable du moindre mouvement, elle se contentait de fixer pitoyablement les battants de bois à peinture écaillée, alors qu'à l'escalier le pas lourd de LA BÊTE, en se précisant seconde après seconde, devenait de plus en plus menaçant.

« Je dois la verrouiller… sinon c'est la fin…»

Dans un ultime effort, elle poussa enfin le loquet… La chambre de Caroline communiquait avec une autre pièce inhabitée. Mikaëlle s'y précipita et bloqua la deuxième porte donnant accès au couloir. LA BÊTE tentait déjà, par des manoeuvres bruyantes, de violer l'univers de Caroline. Mikaëlle se laissa glisser le long du mur. Elle allait mourir. Cette certitude la glaçait…

Ses pieds rencontrèrent un objet cylindrique. Une des bougies de Caroline. Les allumettes ne devaient pas être très loin. Mikaëlle, à tâtons, promena ses doigts sur le parquet. La boîte qu'elle trouva était vide. Elle en pleura de désespoir…

Un fracas assourdissant… La porte, solide, montrait cependant des signes de défaillance… puis ce fut le calme… LA BÊTE abandonnait-elle ? Les yeux de la jeune fille identifièrent une petite fenêtre rectangulaire qui ouvrait sur le jardin. Elle se souvenait s'être émerveillée dans son enfance, de la rapidité avec laquelle le jardinier de l'époque empruntait cette voie pour atteindre le cocotier et ainsi, arriver directement en face du tuyau d'arrosage... Pourrait-elle en faire autant ? Tic-tac… Tic-tac… Tic-tac… Tic-tac… Les aiguilles du réveil se déplaçaient impitoyablement et semblaient vouloir lui dire : « Fais ta prière… Ton heure est arrivée… » Les battements de son coeur ne décéléraient pas.

Une voiture venait de ralentir devant la maison. Un instant plus tard, quelqu'un frappait à la porte d'entrée. N'obtenant aucune réponse, le visiteur parut hésiter puis se résigna à lancer des cailloux contre les carreaux de la fenêtre.

« Mikaëlle ! »

La voix de Ralph résonna étrangement. La jeune fille ne bougea pas.

LA BÊTE s'en prenait maintenant à la deuxième porte. Mikaëlle, les poings serrés, ferma les yeux.

« Mikaëlle, je t'en prie ! Je dois te parler. Descends un moment. C'est important. »

La porte allait céder. La jeune fille en était persuadée. Elle s'élança vers la fenêtre :

« Ralph ! »

S'agrippant fermement aux rebords, elle essaya, d'un coup d'oeil rapide, d'évaluer la distance qui la séparait du cocotier.

« Au secours ! »

Une de ses jambes se trouvait déjà engagée de l'autre côté de la fenêtre quand, dans un branle-bas épouvantable, la porte de la chambre fut propulsée à quelques mètres de son encadrement.

« Mikaëlle ! cria Ralph du jardin. Fais bien attention... Je suis là... »

Après avoir essayé en vain de forcer la porte d'entrée, Ralph essayait d'escalader le mur. Mikaëlle voyait désespérément se découper dans le noir la silhouette géante de LA BÊTE. Ses yeux embrasés convoitaient la jeune fille. Cette dernière, sans plus hésiter, se risqua dans le vide...

Elle heurta de plein fouet les palmes de l'arbre, qui ralentirent sa chute. Empoignant l'une d'elles, elle resta dangereusement suspendue dans l'air et ferma les yeux... D'un moment à l'autre, ses mains meurtries pourraient lâcher prise et son crâne irait alors se fracasser contre la terre battue...

« Mikaëlle, tiens bon ! »

La proximité de la voix du jeune homme la poussa à entrouvrir les yeux. Ralph se tenait sous l'arbre. Elle réalisa que le cocotier était d'une catégorie naine. Elle ne se trouvait donc pas en danger de mort.

« Tu peux te laisser tomber ! continuait le jeune homme. Fais-moi confiance ! »

Un cri d'outre-tombe... LA BÊTE, dont la masse volumineuse occupait difficilement l'embrasure étroite de la fenêtre, s'appliquait à dégager ses membres en vue d'attraper la jeune fille. Sans plus réfléchir, Mikaëlle glissa de l'arbre. En tombant, elle se cogna douloureusement les fesses et eut du mal à se relever.

«Vite ! hurla Ralph. Fuyons ! »

Il aida Mikaëlle à retrouver son équilibre et tous deux s'engouffrèrent dans la voiture du garçon. La jeune fille, fortement choquée, s'exprimait d'une voix saccadée :

« Et Papa ? Quand il reviendra... Nous ne pouvons pas partir... Que lui fera-t-Elle ? Nous ne pouvons pas la laisser chez moi. Papa va bientôt rentrer... Ralph ! Ecoute-moi ! Ralph ! Où allons-nous ? Réponds-moi ! J'ai peur ! Ralph, j'ai tellement peur ! Où me conduis-tu ?

– Chez Frédérique... Il vous faudra verrouiller les moindres ouvertures. De mon côté, j'essaierai de contacter ton père. »

Quinze minutes plus tard, le véhicule s'arrêtait devant une clôture rouge grenat. Ce fut Frédérique en personne qui vint ouvrir.

Elle ne réagit pas tout de suite à la vue de Mikaëlle. Elle resta un long moment, les yeux arrondis par la surprise, interrogeant d'un regard curieux ces deux visiteurs insolites.

« Je peux entrer ? s'inquiéta Mikaëlle d'une voix embarrassée.

– Bien sûr, voyons. Tu es chez toi. Bonsoir, Ralph.

– Bonsoir Frédérique. Ne nous attardons pas devant la barrière. Vite, entrez. Surtout, n'oubliez pas de vous enfermer à quatre tours !

– Que se passe-t-il donc ?

– Mikaëlle t'expliquera. Pour le moment, fais ce que je dis. Mettez-vous à l'abri. Compris ? »

Ralph remonta dans la voiture. Il était plus de onze heures et demie du soir. Mikaëlle ne s'en était pas rendue compte. Lorsque ses yeux se posèrent sur le cadran lumineux de sa montre, son embarras s'accrut. Frédérique le comprit :

« Ne t'en fais pas. Mes parents sont sortis. Montons. Nous serons mieux à l'étage pour discuter de choses et d'autres.

– En effet…»

La chambre de Frédérique, un véritable bric-à-brac… Des piles de vêtements, éparpillés ça et là, empêchaient une libre circulation… Un petit appareil de radio à piles, en exergue sur le tapis et monté au dernier volume, créait une ambiance infernale. Livres et cahiers d'école traînaient un peu partout. Sur un bureau, un dictionnaire arabe gisait, ouvert, à la page des automobiles… Frédérique éteignit le magnétoscope et fit de la place sur le lit. Comme au bon vieux temps, les deux adolescentes s'installèrent côte à côte, prêtes à échanger leurs confidences…

Mikaëlle ne savait par où commencer. Elle se sentait coupable d'avoir refusé, le Mardi-Gras, de passer l'éponge. Pourquoi s'était-elle montrée aussi vindicative ? Frédérique était-elle responsable de l'intérêt que lui avait porté Ralph ? Mikaëlle se culpabilisait intérieurement et regrettait amèrement l'indifférence qui avait imprégné ses moindres gestes, la semaine du carnaval… Au fur et à mesure, toute l'affection qu'elle avait refoulée ces derniers jours remontait à la surface… Comme Frédérique lui avait manqué ! Elle la serra très fort contre elle et des larmes libératrices coulèrent à flots sur son visage.

« Pourras-tu jamais me pardonner ? J'ai été tellement stupide ! »

Frédérique ne la repoussa pas :

« Ne parlons plus de cette histoire. Tu veux bien ? »

Mikaëlle n'arrêtait pas de pleurer… Elle aurait voulu se débarrasser de toutes ces angoisses passées, actuelles et… à venir…

« Je ne sais pas ce qui m'arrive. Depuis quelque temps, je ne suis plus moi-même. L'on dirait que j'en veux au monde entier ! C'est inquiétant… »

Frédérique lui tendit un mouchoir :

« Allons ! Sèche tes larmes et oublions les mauvais souvenirs. D'accord ? »

Mikaëlle hocha la tête. L'amitié de Frédérique lui était un baume, et elle était heureuse de le reconnaître après cette éclipse. Elles avaient encore tellement de chose à partager !

« Allons droit au but maintenant, dit Frédérique. Peux-tu enfin me dire ce qui se passe ? »

La jeune fille frémit :

« LA BÊTE, murmura-t-elle. »

Frédérique parut ne pas comprendre :

« LA BÊTE ?

– Oui, continua Mikaëlle. Celle qui a dévoré Béatrice Camille. Nous en parlions à l'hôpital. Je n'y croyais pas… mais je l'ai vue de mes propres yeux. Ralph aussi… »

Frédérique eut l'air sceptique :

« Tu l'as vue ? Tu en es sûre ?

– Oui ! Frédérique, je te supplie de me croire ! Es-tu certaine que toutes les portes sont bien fermées ?

– Je crois, oui. Tu connais mes parents : deux maniaques. Ils ont tout contrôlé avant de sortir. Il ne nous reste plus qu'à vérifier les targettes des fenêtres. »

Ce fut vite fait. Un vent glacial arrivait dans la chambre à travers les interstices des vitres et au dehors, l'orage grondait par intermittence. Frédérique avait allumé deux lampes à gaz en attendant que l'électricité soit rétablie… En dépit de tout, Mikaëlle ne se sentait pas tranquille. Quelque chose d'indéfinissable la tourmentait. Quoi donc ? Elle avait cette désagréable sensation d'avoir oublié un détail important.

« Tu veux jouer au Scrabble ? proposa Frédérique. Cela te changera peut-être les idées… »

Elle accepta sans grand enthousiasme. Cette suite sans fin de mots lui donna bientôt la migraine. En proie à une profonde agitation, elle n'arrivait pas à se concentrer. Frédérique, une lueur étrange dans les yeux, n'arrêtait pas de l'observer. Sans doute, la prenait-elle pour une folle ? Cette histoire de bête, allons donc !

Tout à coup, Mikaëlle tressauta :

« La porte du sous-sol, Frédérique ! Es-tu certaine qu'elle est verrouillée ? D'ordinaire, c'est la cuisinière qui en détient la clé. Tes parents n'ont peut-être pas pensé à vérifier… »

Frédérique eut l'air pensive.

« Tu as assurément raison. Voudrais-tu que j'aille jeter un coup d'oeil en bas ?

– Oui, s'il te plaît…»

Mikaëlle grelottait. De peur ? De froid ? Un roulement de tonnerre rompit le silence qui tentait de s'infiltrer dans la chambre.

« Vas-y ! pressa Mikaëlle. Reviens vite. J'ai peur, Frédérique. J'ai peur !

– Ne t'inquiète pas, Mikaëlle, répondit-elle calmement. Il n'y a absolument rien à craindre dans la maison. Tu me revois dans cinq minutes… OK ? »

Elle quitta la pièce, une baladeuse en main… Mikaëlle regarda nerveusement autour d'elle. Un objet métallique brillait sur la table de travail, au milieu d'un lot de papiers. Un canif. Instinctivement, elle s'en empara et le mit dans sa poche… La pluie avait commencé à tomber. *Tu es l'enfant de l'orage et de la pluie*, lui avait dit Caroline, l'identifiant sans doute à Polotre. Mikaëlle frissonna. Mais qui était Polotre ?

Frédérique tardait à revenir. Mikaëlle passa la tête à travers l'entrebâillement de la porte :

« Frédérique ? Où es-tu ? »

Aucune réponse. Les lèvres de Mikaëlle tremblaient d'anxiété. Où était passée son amie ? La jeune fille prit une lampe à gaz et s'aventura dans l'étroit couloir qui menait à l'escalier. Une force irrésistible semblait, malgré sa peur, l'attirer au rez-de-chaussée. Pourquoi Frédérique ne revenait-elle pas ? Quelque chose lui était-il arrivé ?

« Frédérique ? Où es-tu ? Réponds-moi ! »

Elle se trouvait maintenant devant l'escalier qui conduisait au sous-sol. Elle entendit bouger.

« Frédérique, c'est toi ? »

Silence… Mikaëlle poussa un cri. Une forme se détachait du contre-jour. La jeune fille réalisa bien vite qu'il s'agissait de sa propre ombre et soupira de soulagement. Soudain, elle crût entendre une porte grincer. Sans doute son imagination lui jouait-elle des tours ? Toutefois, tournant les talons, elle s'apprêta à regagner l'étage… Elle entendit alors murmurer :

« Viens, viens, viens…»

La jeune fille vit volte-face. Cette voix… Qui était-ce ? Cette fois-ci, elle en était persuadée : elle avait bel et bien entendu quelqu'un lui parler.

« Frédérique, je ne suis pas d'humeur à plaisanter ! lança-t-elle d'une voix incertaine. »

Les battants d'une fenêtre s'écartèrent brusquement. Un vent glacé enveloppa le corps de la jeune fille, tandis que la pluie lui fouettait le visage. L'orage rugit sourdement. Mikaëlle déposa la lampe sur le parquet.

« Frédérique, pour l'amour du ciel, reviens ! »

Elle entendit sa compagne remonter l'escalier… Son pas était lourd. Etrangement lourd. Mikaëlle recula. Bientôt, une masse faramineuse aux yeux rouges se dressa devant elle. Une gueule horrible s'entrouvrait et laissait couler la bave. La jeune fille faillit s'étrangler. Cette fois-ci, elle ne lui échapperait pas. LA BÊTE fixait avidement sa proie. Elle se trouvait si proche que la jeune fille pouvait sentir son souffle nauséabond qui se mêlait à sa propre respiration. Mikaëlle, dans un instinct de survie, chercha autour d'elle de quoi se défendre. Rien. Dans le délire de son esprit, elle arriva à penser au canif qu'elle avait dans la poche et le brandit. LA BÊTE lui administra au poignet un violent coup de patte qui fit voltiger l'arme à l'autre bout de la pièce. La jeune fille était perdue. Elle se trouvait à une encoignure de la pièce, prise au piège. Elle ferma les yeux, le sang glacé…

Au même instant, une voix monta du fond de la salle… Surprise, la jeune fille entrouvrit les paupières. Une fumée noirâtre enveloppait l'atmosphère, et la voix semblait en provenir…

« Tu peux enfin disparaître… Je n'ai plus besoin de tes services… Tout au long de ces dix-huit dernières années, j'ai utilisé ton corps, ton bras, ton cerveau, tes idées… à ton insu… Très bientôt s'ouvrira l'ère de Polotre, ma fille… J'ai voulu qu'elle échappât à ton contrôle… La voilà prête aujourd'hui à dominer le monde… »

A ces mots, LA BÊTE hurla dans la nuit, comme terrorisée.

Une détonation… Une masse qui s'effondre… Mikaëlle rouvrit les yeux. LA BÊTE, ensanglantée, gisait inerte sur le sol. L'immonde odeur émanait de ses plaies. Avait-elle cessé de vivre ?

« Tu l'as entendu ? Nous n'avons plus besoin de toi, désormais… »

Mikaëlle leva les yeux. Frédérique… une arme en main. Cette lueur étrange dans son regard… Elle ne s'adressait pas à son amie. Elle fixait LA BÊTE, et arborait un air que Mikaëlle ne lui connaissait pas.

Elle lui rappelait quelqu'un. Mikaëlle recula, pétrifiée. Elle lui rappelait sa mère ! Tout devenait clair… Les maillons s'enchaînaient enfin !

Frédérique sembla lire dans ses pensées. Elle tourna les yeux vers elle :

« Oui, je suis Polotre. »

Mikaëlle respirant à grand peine, s'agrippa aux rideaux de la fenêtre pour se donner une contenance… LA BÊTE, quant à elle, recommençait à bouger. La jeune fille cria. LA BÊTE se métamorphosait. Elle n'avait presque plus rien d'inhumain… C'était presque un homme qui gisait sur le plancher… les yeux exorbités, les lèvres entrouvertes dans une ultime souffrance et le coeur transpercé d'une balle. Un homme… On aurait dit… On aurait dit son père… Mikaëlle crut que l'air allait lui manquer. Elle hurla pour se libérer de ces mains imaginaires qui semblaient vouloir emprisonner sa gorge, et serrer, et serrer... Elle sentit la folie l'envahir. Certains souvenirs assaillirent son esprit. Ils la ramenèrent au jour où Ralph et elle avait cru avoir percuté la femme sur l'autoroute. Cette odeur qui l'avait incommodée dans la maison, odeur qu'elle avait crue sortie tout droit de son imagination tourmentée… Les flaques d'eau dans l'escalier… Le grincement de la porte en pleine nuit, alors qu'elle discutait avec Caroline… Non, cette créature mi-homme mi-bête affalée par terre ne pouvait être son père… Son père… la marionnette d'un Diable assoiffé de sang, possédant son corps pour tuer ses victimes ? NON !

Dans un dernier sursaut, LA BÊTE se redressa, rugit lamentablement, courut à la porte et se perdit dans la nuit…

Frédérique avançait.

« Non ! souffla Mikaëlle. »

Frédérique ne sembla pas l'entendre :

« Viens avec moi, Mikaëlle, dit-elle d'une voix douce. Je t'aime, Mikaëlle. Tu es la seule que j'aie jamais aimée dans ce monde. La seule digne de mon Royaume… Tu seras heureuse avec moi. Tout l'amour dont tu as manqué dans ta vie, tu le trouveras dans le monde merveilleux dont je suis l'impératrice. Je sais que tu as envie de m'accompagner… »

Polotre lui tendit la main.

« Non ! répéta Mikaëlle. »

Elle se sentait au fond d'un gouffre. Sa tête allait bientôt exploser, et les lambeaux de sa chair s'éparpilleraient sur le sol… Frédérique devrait tout nettoyer avant le retour de ses parents. Dans un moment de lucidité, la jeune fille se souvint que Frédérique n'avait jamais existé, que seule Polotre avait partagé son existence. Elle se mit à hurler, accompagnant bien à propos le gueulement des chiens perdus dans la nuit.

« Tous t'ont trompée, continuait Polotre. Moi, je t'ai aimée jusqu'au bout. Regarde-moi, Mikaëlle. Et dis-moi si j'ai tort… »

Mikaëlle leva les yeux vers elle. Elle se sentit comme médusée par ces pupilles de feu.

« Frédérique a raison, pensa-t-elle soudain. Tous m'ont menti. Mon père, ma mère… »

« Viens, murmura Polotre en lui tendant de nouveau la main. Viens partager mon Royaume. Qu'attends-tu ? Viens…»

«Qu'est-ce qui m'arrive ? se demanda soudain Mikaëlle. «Pourquoi est-ce que je l'écoute ? N'est-elle pas une créature de l'enfer ? »

« Arrête, Frédérique ! Tu es mon amie et je t'aime. Reviens dans ce monde qui est le nôtre… Jamais je ne pourrai continuer à vivre si tu acceptes de t'identifier à Polotre ! »

Comme Frédérique restait de marbre, Mikaëlle ferma les yeux et se mit à murmurer :

« Donnez-nous, Majesté, le pouvoir de vaincre les démons et d'affronter le mal. Que la progéniture de Satan disparaisse à jamais de notre monde !

– Mikaëlle, tais-toi ! »

Ces paroles l'encouragèrent à continuer :

« Puissent l'air, la terre, l'eau et le feu nous communiquer leur force pour accomplir ce travail…

– Tais-toi, Mikaëlle ! Tais-toi ! »

Mikaëlle n'arriva plus à se concentrer sur les paroles qui sortaient de sa bouche. Une force démoniaque semblait vouloir prendre possession de son être. Elle se sentait de plus en plus lasse. Quand elle écarta les paupières, Polotre lui tendait encore la main. Son esprit s'embrouillait. Elle avait le vertige.

« Ne sois plus triste, Mikaëlle. Le bonheur t'attend dans mon Royaume. »

Et Mikaëlle saisit la main tendue.

EPILOGUE

Dans la matinée du lendemain, la presse annonça l'assassinat de M. Saint-Pierre. La servante avait découvert son cadavre dans le jardin... Il avait reçu une balle en plein cœur...

Mikaëlle et Frédérique ne laissèrent aucune trace. Margareth, désespérée par cette disparition, mit fin à ses jours après de longs mois de dépression.

Les membres de la Confrérie du Lendemain connurent un triste sort. A la suite d'un éboulement au morne Calvaire, l'entrée du repaire fut obstruée. Les Confrères, prisonniers, moururent de soif.

Quant à Ralph, il disparut de la circulation et plus personne n'entendit parler de lui... Les mauvaises langues murmurèrent que ses parents l'avaient expédié d'urgence aux Etats-Unis pour y suivre un traitement psychiatrique. Le jeune homme se croyait perpétuellement poursuivi par une bête venue de l'enfer...

www.ingramcontent.com/pod-product-compliance
Lightning Source LLC
LaVergne TN
LVHW051010080826
845145LV00009B/2552

* 9 7 8 0 9 9 1 0 8 2 1 6 2 *